聖女の身代わりとしてやってきた婚約者殿の様子がおかしい

西井けい

illustration 雲屋ゆきお

ICHIJINSHA IRIS NEO

CONTENTS

この作品はフィクションです。
実際の人物・団体・事件などには関係ありません。

聖女の身代わりとしてやってきた婚約者殿の様子がおかしい

プロローグ

「チェルシー・カーヴェルと申します。……今日からお世話になります」

春の若草のような色の瞳《ひとみ》は、すぐ前髪に隠れてしまった。ふわふわと空気を含んだ、柔らかそうな栗色《くりいろ》の髪を揺らして、少女は静かに頭を下げる。頭の位置が戻っても、視線は下がったままだった。

小さな声が震えていたのは、緊張のせいなのか。それとも、俺の顔を見て怯《おび》えたからなのか。まあどちらでも構わないかと、気が付かないふりをした。

「ああ、よろしく。見ての通り、俺は今こんな状態だ。ろくに動けもしないから、世話になるのは俺の方だろう。だが、俺の世話は君の義務じゃない。できる範囲のことは自分でするし、ちょっとやそっと放っておいても死にはしないから、君は好きに過ごすといい。なるべく手間はかけないようにする」

ベッドに横たわったままの俺の、投げやりな言葉と態度を呑《の》み込むのに時間を要したのであろう。チェルシーと名乗った婚約者殿が「わかりました」と答えたのは、たっぷり十秒経《た》ってからだった。

俺の話をしよう。名はオズワルド・セルウェイ。歳は二十四。俺はこの国で宮廷魔導士という職に就いていた。正確に言えば今も一応は現職だが、身体上の理由で休職扱いになっている。

魔法で発展してきたこの国、エシカリア王国において、宮廷魔導士は誰もがなれる職業というわけではない。そもそも魔導士を名乗ることができるのも、国家試験に合格した者だけだ。その中でも特に魔力量が多く、秀でた術を使える人間だけが国の魔導部隊へ配属され、宮廷魔導士となる。仕事内容は様々だが、ひとつ確実なことは、魔導部隊では在籍する魔導士の中でもっとも優れた者が隊長に選ばれるということ。そして、俺は現在隊長を務めている。休職中だが。

つまり、俺はこの国一番の魔導士だということ。

さらには、能力に加えて容姿も優れている自覚があった。我ながら目鼻立ちは整っているし、背も高い方で、それなりに引き締まった体をしている。強い魔力を持った人間の特徴であるプラチナブロンドの髪は、腰まで伸ばしてもまっすぐだ。鮮やかな緑色の目が特に印象強いらしく、うっとりした顔で「エメラルドのように輝く瞳ですね」と言われたことも一度や二度ではない。

正直なところ、まあ、モテた。男には能力で、女には容姿でちやほやされることが当たり前だった。その上ずる賢い性格の俺は、おごることなくしっかり猫を被《かぶ》っていたからなおのこと。

幼いころ親に捨てられた俺にとっては、強い魔力も優れた容姿も、一人で生きていくために使える道具だった。わざわざそれをひけらかして反感を買うなんてばかなことをするつもりはなかったから、とにかくどんなときも謙虚に、誰にでも親切に振る舞っていた。いつだって俺は、人から好かれるように生きてきたのだ。そのお陰か、三年ほど前に歴代最年少で魔導部隊の隊長となった際にも、目立った反発ひとつなかった。

さて、そんな国一番の魔導士である俺は今、ベッドでほとんど寝たきりになっている。先日起こった、ある大きな戦いのせいだ。そこで勝利と引き換えにすべての魔力を失ってしまい、ついでに美貌も失った。

この国には魔獣が存在する。自然に湧《わ》き出る瘴気《しょうき》に当てられた動物が変化したもので、小型のものなら力業《ちからわざ》でも倒せる。だから通常は騎士団が討伐《とうばつ》していて、騎士団の手に負えない場合のみ、高度な魔法が使える魔導士が同伴することで対処してきた。

しかし、おおよそ百年に一度の周期で、瘴気が異常に濃くなるのだ。厄災《やくさい》の年と言われるその時期に生まれる魔獣は数が多く、並大抵の人間の手に負える強さでもない。さらには群れを成すこともあって、土地を浄化しなければすぐにまた魔獣で溢《あふ》れる地域もある。

魔獣の討伐のみならず、土地の浄化までできる者というのは限られていた。希少な聖属性の魔法が使える者――その中でも、瘴気が濃くなる周期に呼応するように生まれる力の強い女性は『聖女』と呼ばれた。

なぜ一定周期で瘴気が濃くなるのか、なぜそれに応じるように、国中の土地を浄化して回れるほど魔力の強い女性が生まれるのか、理由は解明されていない。ただ脈々と続く歴史が、そういうものなのだと物語っているだけ。

実は、この一年が厄災の年だった。

この国の王族には魔力が宿りにくい。代わりにいくつか特殊な能力があり、そのひとつが夢見だと言われている。

王の夢見によって厄災の年の訪れが予見されたのがちょうど一年前。以来、国のいたるところに魔獣が現れ田畑を荒らし、人に危害を加えていた。俺は魔導部隊の隊長として各地に魔導士を派遣しつつ、自身も魔獣の討伐を行っていた。もっぱら、今代の聖女とともに。

聖女の名はリリー・カーヴェル。歳《とし》は二十一。聖属性の魔力持ちを多く輩出してきたカーヴェル伯爵家の長女で、俺と同じ、魔力が強い人間の特徴であるプラチナブロンドの髪をしている。聖属性の魔力持ちを多く輩出してきたと言っても、今の伯爵家には彼女ほど輝く髪を持つ者はいない。親戚筋を辿《たど》れば弱い聖属性魔法を使える者は数人いるそうだが、それでも彼女の家族はみな淡い栗色の髪だ。

リリーは非常に優秀で愛想もよく、多くの人から慕われる、まさに『聖女』だった。癖のないまっすぐな髪と少し吊《つ》り目がちな瞳の印象から、いくらか性格がきつそうに見えるものの、感情的になることもなければ周囲に当たり散らすこともなく、いつも落ち着いていて、誰にでも親切で。その上、聖属性以外の魔法も人並み以上に使いこなし、宮廷魔導士にも引けを取らない能力を持っていた。

そんな彼女と俺の婚約話が持ち上がったのは、魔獣が増え始めて半年ほどが経ったころのこと。聖属性の魔法は展開に時間がかかるため、それをカバーする人間が要《い》る。魔獣被害の大きい土地から順に浄化して回る聖女についていくのは、力量的に魔導部隊の隊長である俺が多かった。それもあってか、いつからか俺たち二人が揃《そろ》っていると怖いものなしだと話題になったのだ。やがて「聖女と国一番の魔導士が力を合わせて戦い、厄災の年を乗り越えたのちにめでたく結婚すればなんとすばらしいことだろう」という話になり、あれよあれよと担ぎ上げられたわけだ。

孤児院の出で成り上がった俺にとって、伯爵家との繋《つな》がりは願ってもないことだった。伯爵家にとっても強い魔導士の血が入ることは悪くない話だったのか、とんとん拍子に話は進み、無事に厄災の年を乗り越えた暁には結婚しましょうと相成った。

リリーとの関係も悪くはなかった。とはいっても、どちらかというとビジネスライクな関係だったが。

俺は彼女に対しても猫を被ったままだったし、彼女の方も、べたべた馴《な》れ合ったり、ましてや俺に色目を使ったりすることはなかった。隙《すき》がないその態度になんとなく猫被りの自分と同じ匂《にお》いを感じていたけれど、少なくとも悪い感情を持っているふうではなかったから、このまま順当に結婚するのだろうと思っていた矢先、ある村に大量の魔獣が出現した。

数も多い上に、熊が瘴気に当てられたような大型の魔獣まで現れていて、魔導士を派遣してもなかなか倒せないという。

厄災の年は約一年で終わる。時期的にも、他の地域での魔獣の減少具合から見ても、おそらくこの土地を浄化すれば厄災の年も終わりだろうと思われた。

聖女とともに村に向かった俺は、そこで彼女を庇《かば》って顔面に大きな傷を受けた。村の状況はこれまでのどこよりもひどく、濃い瘴気が立ち込め、大型の魔獣で溢れていたのだ。左の頬《ほお》から右上に向かって魔獣の爪《つめ》が走り、激痛に耐えながら魔力を振り絞って特級魔法を発動、一帯の魔獣を殲滅《せんめつ》。隙を見てリリーが土地を浄化したことで、戦いは終わった。

同行していた魔導士によってすぐに治癒魔法がかけられたが、俺の顔の傷は綺麗《きれい》に治らなかった。傷自体は塞《ふさ》がったものの、大きな跡が残っている。どうやら聖女に向かってきた魔獣はかなり瘴気を溜《た》め込んでいたらしく、その瘴気の名残《なごり》が回復を妨げているようだった。

リリーが聖魔法で瘴気を祓《はら》おうとしてくれたものの、今度は塞がった傷の方が瘴気を絡めとって逃がさない。リリーの聖魔法と同じレベルの治癒魔法を同時にかければあるいは、と思われたが、彼女と同等の魔力を持っていたのは俺だけだったし、特級魔法の発動によって、その魔力も尽きている。聖魔法の発動には集中力を要するため、リリー自身にふたつの魔法を同時に使ってもらうこともできなかった。

そんなわけで、俺の顔には薄暗い瘴気を纏《まと》った大きな傷跡が残った。とはいえ、数年単位の時間をかければやがて魔力も戻るだろうし、村の悲惨な状況を鑑《かんが》みると、俺一人の犠牲で厄災の年が終わったのなら上出来に思えた。魔力の枯渇により自力で立つことすらできなくなっていたが、しばらくのんびり療養して、顔もいずれ治せばいいだろうなんて呑気《のんき》に構えていた。

――……しかし。王都に戻って療養を始めた俺のもとに届いたのは、リリーからの一方的な婚約破棄の知らせだった。

言葉を選んではいるものの、要は魔力も美貌も失った寝たきりの婚約者など不要だと書かれていた。いくら俺の方には後見がないからといって、一方的にもほどがある。

たしかに彼女の年齢を考えると、俺が元に戻るまで結婚式も挙げられないのは可哀想《かわいそう》ではある。まして や貴族令嬢に介護をさせるわけにもいかないし、手紙を受け取るまでは俺の方から婚約解消を願い出た方がいいのだろうかと考えていたくらいだ。落ち着いたらそんな相談もしなければと思っていたが、まさか向こうから切り出されるとは。彼女が自分を庇った相手に対してこんな仕打ちができる人間だったことに、驚きと呆《あき》れが半々だった。心優しい聖女の仮面の下に、なかなかいい性格を隠していたものだ、と。

さらに俺を驚かせたのが、「自分の代わりに実の妹を婚約者として差し出す」という一文だった。

こちらが慌てて返事をする暇もなくやってきたのが、先ほど震えた声で挨拶《あいさつ》をしてきたチェルシーだ。彼女は挨拶をする前に執事に促され、部屋の真ん中までは進み出てきたものの、怯えた様子でそれ以上ベッドに近付こうとはしない。

「君の部屋はここと同じ二階、真反対の角部屋だ。まあ、そこ以外も自由に使って構わないし、屋敷の装飾なんかも気に食わなかったら変えていい。休職中の身とはいえ、先の功労のおかげで給金も出る。人が多いと落ち着かないから使用人は最低限しか置いていないが、君を不自由なく食わしていくくらいの金はある。好きに過ごしてくれ」

「は、はい」

淡々と話す俺に対して、チェルシーはずっとおどおどしている。瘴気と傷に覆われている俺の顔が恐ろしいのもあるだろうが、それ以上に、今の俺の態度に困惑しているのだろう。実は彼女とは、リリーの婚約者という立場で何度か会ったことがある。

「……悪いが、これが素だ。普段は取り繕っていた。驚いたか？」

「い、いえ」

チェルシーは首を横に振ったが、完璧な婚約者として愛想よく振る舞っていたころに比べて、随分冷たいと思っていることだろう。残念ながら、どれだけ猫を被っていたところで魔力と容姿が損なわれると何も残らないと知ったので、俺はもう不必要に取り繕う気がない。聖女だけでなく、俺をもてはやしていた誰もがみな、顔に大きな傷と呪いを受けたなんて噂《うわさ》ひとつで見舞いにも来なかった。

「困ったことがあれば、そこのマリアに言いなさい」

視線だけで部屋の隅に控えていたメイドを示すと、チェルシーは釣られるようにそちらを見た。

「マリア・セルウェイです。チェルシー様、よろしくお願いしますね」

「……セルウェイ？」

微笑《ほほえ》んだマリアの自己紹介に、チェルシーが僅《わず》かに首を傾《かし》げる。

「……セルウェイは、俺たちのいた孤児院がある地区の名前だ」

「わたしとオズワルド様は同じ孤児院の出身なんですよ。孤児院には親からもらった名を持たない子供も多いので、名前は神父様につけていただき、姓は孤児院の名前か、その孤児院がある地区名を名乗ります」

マリアの説明を聞いて、チェルシーは小さな声で「知りませんでした」と答えた。

「オズワルド様はお屋敷にあまり人を置きたがらないので、住み込みで働いているのはわたしと執事のエドガーだけです。不自由をおかけするかもしれませんが、いつでも声をかけてくださいね」

「あ、ええと、大丈夫……です。よろしくお願いします」

使用人であるマリアにまで敬語を使い、律義《りちぎ》に頭を下げる様子は、貴族のお嬢様らしくない。不自然さを覚えながらも、指摘はしないでおいた。

「君を出迎えたのがエドガーだ」

「申し遅れました、エドガー・コリンズでございます。チェルシー様、どうぞお見知りおきください」

「よ、よろしくお願い、します」

チェルシーをこの部屋へ案内してからマリアの隣に控えていた老年の執事、エドガーが続けて頭を下げる。彼にもしっかり会釈《えしゃく》した後、チェルシーはこちらに向き直ったが、視線はやはりほとんど床に向いている。

「俺はおそらく、あと数年はこんな体だ。必要以上に君に構うことはないが、かといって君を虐げるつもりもない。常識の範囲内なら、君が何をしていても気にしない。最初に言った通り、俺の世話を義務だとは思わなくて構わないから、君は君らしくここで自由に生きるといい」

「……はい」

俺の言葉の意図を汲《く》んだのか、小さく頷《うなず》いた新しい婚約者は静かに部屋を出ていった。


「……どう思う？」

チェルシーを部屋に案内し戻ってきたマリアにそう尋ねると、彼女はすぐに「妙ですね」と答えた。

「いずれ嫁ぐために来たというのに、荷物が少なすぎます。トランクがたったのふたつでしたから、洋服もほとんど持ってきていないのかと」

「そうか」

「それに、侍女の一人も連れていません。わたしのような使用人相手にも、妙に腰が低いですし」

「……普通の貴族のお嬢様じゃないな」

「そうですね」

――聖女にはひとつだけ、よくない噂があった。実の妹を出来損ないだと虐げている、というもの。

事実、チェルシーには魔法の才がないらしい。それどころか、そもそも魔力自体もほとんどないのだという。平民でさえ多少なりとも魔法が使えるこの国の貴族としてはかなり珍しかったが、それでも非難されるほどのことではない。聖女が生まれている以上伯爵家としても面子《メンツ》は保たれているのに、なぜかリリーはしばしば妹を下げる物言いをしていたらしい。

らしい、というのも、俺自身は彼女が妹の話をしているのを聞いたことがないからだ。魔獣討伐に向かう馬車で一緒になることもあったが、リリーの口から妹の話題が出たことはない。ただ、貴族の間や宮廷で時折そういう噂を耳にしていた。

妹は出来損ないだから社交の場にも出せないとか、魔力がないから戦場でも役に立たないとか。聖女ともあろう人がそんな言い方をするなんて、と顔をしかめる者もいたが、なまじ日頃の行いがいいリリーの話だったため、彼女がそう言うなら妹はよほど出来が悪いのだろうとも言われていた。チェルシーは社交の場に一切出なかったので、それが余計に噂を呼んだ。美人のリリーと違って見目も悪いのではないかとか、逆に実はとんでもない美少女で、嫉妬《しっと》した聖女にいじめられているのではないかとか。そんなふうに、聖女の妹の噂は時々出てはすぐに消える。

チェルシーの容姿に関して言えば、俺としては「リリーとは似ていないな」と思った程度だった。切れ長で吊り目がちのリリーと違って、チェルシーはまんまるの大きな垂れ目。両親譲りであろう、ふわふわとした淡い栗色の髪。俺より七つも下ということもあって少し幼さの残る顔立ちは、美人というよりはかわいらしい。リリーとの婚約が決まった当初、彼女の家で初めて会ったときもいたって普通のお嬢様だと思った。怯えたようにおどおどして、すぐに自室に引っ込んでしまったこと以外は。

「……服は適当に買い揃えてやってくれ。他にも気付いたことがあれば知らせてほしい」

「かしこまりました」

「悪いな。ただでさえ俺がこうなって仕事が増えたのに」

「構いませんよ。放っておけなかったんでしょう？」

マリアの言葉に返事はしなかったが、実際その通りだった。身代わりのように差し出されたチェルシーを拒むこともできたのにそうしなかったのは、彼女の境遇を思ってのことだ。本当にリリーに虐げられていたかどうかはわからないが、少なくとも、リリーや伯爵家にとって、チェルシーはこんなふうに身ひとつで差し出したって構わないということだ。良い扱いはされていなかったに違いない。

だったら、このまま俺のもとで好きに過ごさせてやるのもいいだろうと思った。万が一思うように魔力が戻らなかった場合に伯爵家との繋がりがあれば、という打算もないとは言わないが。

「そういえば、今日買い出しに行ったときに面白い噂を聞きましたよ」

「どんな？」

「オズワルド様が、聖女様の将来を思って泣く泣く身を引いたのだと。そんなオズワルド様を不憫《ふびん》に思って、聖女の妹君が進んで介護を買って出たとか」

「は、それは面白い話だな」

いったいどこから流れたのか、随分と聖女様に都合がいい。妹の株まで上がったことは、リリーにとっては癪《しゃく》かもしれないが……しかし、正直なところあまり興味もない。

「君らの肩身が狭くならないならいい、放っておけ」

「あら、随分丸くなりましたね。以前ならその噂に乗っかって、健気《けなげ》な元婚約者として同情を買っていたでしょうに。やっぱり体が弱ると気持ちも弱るのかしら」

「マリア」

「はいはい、すみません」

今でこそ俺が雇う立場だが、ふたつ上のマリアは昔から俺を随分と子供扱いする。からかうような笑い声を残して、彼女は部屋を後にした。


コンコン、と控えめなノックの音で目を覚ます。どうやらうたた寝していたらしい。

人の気配にも鈍くなっているから、本当に魔力が枯渇しているのだなと思う。以前は人から流れ出る魔力を感知して、近付く者がいれば眠っていても気が付けたのに。

これはあくまで予想だが、顔に残った瘴気が魔力の回復を遅らせている気がした。通常であれば最低限――せいぜい一人で立って歩くくらいの魔力なら、一日で戻る。俺が魔力を使いきってからもう一か月が経つので、あまりにも回復が遅すぎる。

いずれ治癒魔法で自分の傷を治せたらと思っていたが、この感じではいつになるかわからないな。

ぼんやり考えていると返事が遅れた。どうぞと俺が言ってから、ゆっくり扉が開く。すっかり日が暮れていたから夕飯だろう。その考えは当たっていたが、食事を運んできたのはマリアではなくチェルシーだった。

「お食事をお持ちしました」

「……なぜ君が？」

「え、ええと……、なにかお手伝いできることはないかと尋ねたら、マリアさんが食事を運んでほしいと」

仮にも貴族令嬢だろうに、なんでまたそんな下働きのような真似《まね》を。そう思ったのが顔に出てしまっていたのか、彼女は不安そうに眉尻《まゆじり》を下げた。

「ご迷惑でしたか……？」

「……いいや」

俺の返事にほっとした様子で、チェルシーはベッドサイドのテーブルにトレーを置く。その上にはポトフの入った皿と、水の入ったグラスだけ。魔力が枯渇した倦怠《けんたい》感で食欲がなく、俺の食事はもうずっとこればかりだ。さすがに飽きてはきたが、肉や魚を食べる気力もないから仕方がない。

ゆっくり上半身を起こそうとすれば、チェルシーが背中を支えてくれた。

「……すまない」

「いいえ」

ためらいなく俺に触れたので少し驚く。マリアやエドガーはともかく、大抵の使用人は俺の顔に残る傷跡と瘴気の名残——薄暗い靄《もや》のようなものを見て、自分も呪われるのではと触れることを恐れたものだが。

新しい婚約者殿は、意外と肝が据わっているのかもしれない。まあ、うつるようなものではないと事前に聞かされていただけかもしれないが。

ともかく、昨日と同じ味のポトフを食べるかと思ったときだった。口元にフォークが差し出されて、思わず目を丸くした。

「……さすがに、自分で食べるくらいの体力はあるんだが」

「えっ」

立って歩くことは無理でも、食事くらいは一人でできる。そう伝えると、一口サイズに切り分けたじゃがいもを俺の口元に差し出していたチェルシーは、途端に顔を赤らめた。

「すっ、すみません！」

「いや、気持ちはありがたいが」

「すみません、すみません……！」

恥ずかしいのか申し訳ないのか、俯《うつむ》いて何度も謝るチェルシーを見ていると、ほのかに罪悪感のようなものが湧き出てくる。子供に意地悪をしているような、居心地の悪い気分だ。――仕方がない。

「……まあ、いいか。ん」

「え……？」

大きく口を開けて見せれば、彼女はきょとんとした。

「いも」

「へ？」

「早く」

「は、はい！」

急《せ》かしてやれば、彼女は慌ててじゃがいもを口に運んでくる。咀嚼《そしゃく》して飲み込んでからまた口を開くと、チェルシーは戸惑いながらもにんじん、玉ねぎ、ソーセージと順番に食べさせてくれた。

「……おいしい、ですか？」

「悪くはないんだが、正直飽きているな。毎日これだし、具も代わり映えしないし」

「ソーセージを、ハーブ入りのものにするだけでも違うかもしれません」

「マリアに言っといてくれ。料理人は作ったら帰っているからな」

子供のままごとに付き合う感覚だったが、食事の時間は案外悪くなかった。最初はおどおどしていたチェルシーも少しは喋《しゃべ》るようになったし、素の自分で喋る気楽さから、俺もそれに応えた。

「ご馳走《ちそう》様。悪かったな、荷解《にほど》きとかあっただろうに」

「いえ、もう終わりましたので」

彼女がこの家に着いたのは昼過ぎだった。ろくに荷物も持っていなかったというのは本当らしい。

「……必要なものがあったら言いなさい。俺に言いにくければマリアに頼んでもいい」

「お気遣い、ありがとうございます」

小さく返事をしてから、チェルシーは空になった皿を持って立ち上がった。失礼します、と部屋を出ていく彼女を呼び止める。

「チェルシー」

「っは、はい」

「ありがとう」

名前を呼ばれて驚いたのか、びくりと体を強張《こわば》らせたチェルシーは大きな目を何度か瞬《まばた》かせ、それからふにゃりと笑った。はい、と言ったその口元が綻《ほころ》ぶのを見たのは初めてだったから、俺はただ純粋に、かわいいなと思ったのだった。

第一章　婚約者殿の好きなもの

翌日も、チェルシーはいそいそと俺の世話を焼いた。初めて飼い犬の世話を任されて張りきる子供のようだと思いながら、好きなようにさせてやる。朝食に柔らかいパンを持ってきたときには一瞬ためらっていたが、俺が口を開ければ嬉《うれ》しそうにパンをちぎった。とは言っても彼女はいまだ少し緊張した様子で、必要以上に視線が交わることはない。

寝ているばかりで腹が減らないので昼は食べないと言ったときだけ、少し長めに目が合った。その瞳《ひとみ》は、心配そうにも不安そうにも見えた。

夕食の時間に、彼女はまたやってきた。

ベッドサイドのテーブルにトレーを置き、隣の椅子《いす》に座る。

「君も食べたか？」

「はい、いただきました。オズワルド様と同じもので構わないと言ったんですけど、しっかり用意してくださって。お腹《なか》いっぱいです」

「何よりだ」

「それから、マリアさんがお洋服を買ってきてくださいました」

「ああ。とりあえずと思ったから既製品で悪いな。もし作りたかったら――」

「いえ！　わたしには十分すぎるくらいで……。あの、そうではなくて……ええと」

チェルシーが言いにくそうにもごもごと口を動かす。急《せ》かした声色にならないよう気を付けながら「どうした？」と尋ねれば、彼女は深々と頭を下げた。

「その、急に参りましたのに……よくしていただいて、本当にありがとうございます」

「……別に、大したことはしていないだろう」

「いいえ、……追い返されることもあるかと覚悟していたので」

視線を下げたまま小声で話すチェルシーを見て、やはり少々おかしいなと思う。彼女がここまで畏《かしこ》まる必要があるのだろうか。おそらく姉か両親に言われるがまま来たのだろうに。

実際のところ、大した歓迎はできていない。食事を用意するなんて最低限のことだし、服だって、貴族令嬢ならオーダーメイドしか着ないとごねたっていいくらいだ。厄災《やくさい》の年が過ぎたのなら、普通であれば婚約披露パーティーだって開くものだろう。

しかし、俺のもとに手紙が届いてから彼女がやってくるまではたったの二日だった。歓迎の準備どころではないし、そもそも俺は寝たきりだし。

こっちの都合お構いなしで腹が立つということは置いておくが、彼女の言う通り急ではあった。体《てい》よく実家を追い出されたように思えて仕方がない。

「チェルシー」

「はい」

「君は社交の場に出ていなかっただろう」

「……はい、ほとんど」

彼女の声が一際小さくなった。別に責めるつもりはないんだが。

「……家では、何をして過ごしてたんだ？」

「え？」

「俺の世話だけじゃ退屈だろう。趣味でもなんでもやるといい。道具なら用意させる」

俺の食事のとき以外、彼女は一人、自分の部屋で過ごしている。食事も一人で摂《と》っているし、あの部屋には話し相手もいなければ時間を潰せるようなものもない。あいにく聖女の妹について知っていることなんてほとんどなかったから、事前になにか用意することもできなかった。

倦怠《けんたい》感からほとんど寝ている俺でさえ、なにもしない一日は長い。健康で年ごろのご令嬢ならば余計にそう感じるだろう。暇潰《ひまつぶ》しにやりたいことがあるなら、今からでも道具なりなんなり用意しようと思っただけのこと。

「そんな、申し訳ないです。お気になさらないでください」

「いいから。趣味は？」

慌てて畏まるチェルシーを見て、昼前にエドガーから受けた報告を思い出す。チェルシーは、エドガーに「掃除でも洗濯でも、なにか手伝えることはないでしょうか」と尋ねたらしい。エドガーは、いずれ妻となる人に雑用などさせられないと言って断ったそうだが。

その話を聞いたとき、もしかしてチェルシーは、実家で使用人のようなことをさせられていたのではないかという嫌な想像に行きついた。あまり考えたくはないが、それ以外に時間を潰す方法を知らないのではないか、と。

いくら暇でも、貴族令嬢が使用人に手伝いを申し出るなんて普通じゃない。そんなことをするくらいなら一日寝て過ごすか、病人など放っておいて買い物にでも出かけるはずだ。思えば、俺の食事の世話だってチェルシーがマリアに手伝いを申し出てやっていることで、あのとき掃除をしろと言われていたら、彼女は素直に掃除をしただろう。好きに過ごして構わないと言っている以上、俺の機嫌を取る必要もないのに。

もしチェルシーが、外で悪く言われるだけでなく、家の中でも不当な扱いを受けていたとしたら……なんて、想像で気分が悪くなるほどには、俺はすっかりこの子を庇護《ひご》の対象だと思い始めていた。まだうちに来て二日目にもかかわらず。

「……刺繍《ししゅう》が好きです」

少しの間を空けて、チェルシーは小さな声で答えた。

「そうか。なら裁縫道具を用意しよう。俺は詳しくないからわからないが、布だの糸だのを見て決めたかったら、マリアを連れて出かけてもいいし」

「ありがとうございます。あの、でも……お出かけは大丈夫、です。マリアさん、お忙しいでしょうし……わたしも道具にはあまりこだわりがないので」

「……まあ、だが必要なものはあるだろう。彼女に相談するといい」

「はい、すみません」

趣味だという割に、こだわりはない。遠慮してそう言っているだけなら構わないが――……少しの違和感を覚えつつ、チェルシーの顔をじっと見つめる。

「刺繍は、リリーに習っていたのか？」

「えっ。……え、えぇと、いえ……姉は、その」

リリーの名前を出した途端青ざめたチェルシーを見て、嫌な想像はあながち間違いではないのだろうと確信する。少なくとも、いい扱いは受けていなかったようだ。食事の時間を通していくらか解《ほぐ》れていた雰囲気が、また昨日に戻ったみたいだった。

チェルシーは体を縮こまらせ、視線をさ迷わせながら「姉はあんまり得意じゃないみたいで」と答えた。

刺繍と言えば聞こえはいいが、繕《つくろ》い物なら使用人の仕事だ。それをやらされていただけならば、こだわりがないというのも頷《うなず》ける。怯《おび》えたような少女を問いただす趣味はないけれど、かといって本当に好きかどうかもわからないものを与えるのも可哀想《かわいそう》に思えた。

「他には？」

「ほ、他……えっと、読書も好きです」

「どんな本？」

「なんでも読みます。恋愛小説でも、歴史ものや伝記でも……。あっ！　でも、小さいころから特に大好きな物語があって、その本だけは実家から持ってきていて！」

好きな本の話になった瞬間、チェルシーの表情はぱっと明るくなり、輝く瞳と目が合った。読書が好き、少なくともその物語が大好きだというのは本当だろうと、反応だけでわかる。その素直さに思わずくすっと笑ってしまうと、彼女は途端に視線を下げ、頬《ほお》を赤らめた。

「す、すみません……子供っぽいですよね」

「いいや？　そうだな、明日にでもその本を読み聞かせてくれ」

「え？　で、でも、本当に子供向けのお話で」

「いいさ。俺も暇だからな。君の好きな物語を教えてほしい」

これじゃあどっちが子供みたいかわからないな。しかし、思えばこうやって誰かに手ずから食事を与えられたり、本を読み聞かせてもらったりといった記憶もない。どうせ寝ているだけなのだ、ままごとの子供役を楽しむのもいいだろう。少なくとも彼女は、これで笑ってくれるだろうから。

「明日、持ってきます……！」

「うん」

張りきって上気した頬を見れば、寝たきりの明日も楽しみに思えた。


翌日、朝食を終えたあとにチェルシーはさっそく本を持ってきた。ベッド脇の椅子に腰かけた彼女の手にあるのは随分と古い絵本だったが、その手つきからどれだけ大切にされていたかがわかる。

「それじゃあ読みますね」

「頼んだ」

「……なんだか、少し緊張します」

恥ずかしそうにはにかんで、彼女はゆっくり表紙を捲《めく》る。

「『昔むかしあるところに、仲の良い二人の兄弟がいました』」

「え？」

始まってすぐだというのに、思わず声が漏れ出て中断させてしまった。

「どうかしましたか？」

「ああ、いや……悪い。続けてくれ」

「……？　わかりました」

まさか仲良し兄弟の物語とは。なんだか複雑な気持ちになりながらも、今度は邪魔をしないようにしっかりと口を噤《つぐ》んだ。

「『賢い兄と力持ちの弟は、小さな村でいつも助け合って暮らしていました』」

目尻を下げ、優しい顔でチェルシーは絵本を読み進めていく。その柔らかい表情を見て、もしかしたらこの絵本の兄弟は彼女の理想なのかもしれないと思う。

――物語は、仲の良い兄弟が怪物退治の冒険に出るという内容だった。兄の知恵で罠《わな》を作ったり弟の怪力で先手を打ったりして、二人は順調に旅を続ける。しかしある日、ついに怪物に追い込まれてしまう。

「『兄弟のすぐ目の前で、怪物が恐ろしい声を上げました。がおーっ!!』」

「……っぷ」

「……え？」

「や、すまない。君の芝居があまりにも迫真で……っふ、ふふ」

「わ、笑わないでください……！」

「悪い、っはは」

「もう！」

チェルシーが真剣な顔で「がおー！」と鳴いたのが妙にツボに入ってしまい、笑いが止まらなくなった。肩を震わせる俺を見て、彼女は顔を赤くしている。

「随分かわいい怪物だなぁ」

「……昔からそういうふうに読んでいたので、癖です」

「そうか。笑って悪かったよ、続きを聞かせてくれ」

「……はい」

小さな子供みたいに膨れてしまった彼女を見ていると、妹がいたらこんな感じだろうかと思う。拗《す》ねた様子の彼女はそれでも素直に続きを読み始めた。

――兄弟は、優しい王子やずる賢い商人、人間嫌いの魔女など様々な人と出会い、たくさんの危機を乗り越えながら旅を続ける。やがて国に平和が戻ったが、兄弟は村へ戻らず世界を旅して回ることに決めた。

「『兄には弟が、弟には兄がいるので、きっと大丈夫。そうして二人は、仲良く旅を続けるのでした。めでたし、めでたし』」

ぱたんと本を閉じたチェルシーが、どうだったかと期待を込めた目で俺を見る。

「最後まで君が芝居上手《じょうず》で驚いた」

「そ、そこですか？」

「半分冗談だ」

　チェルシーが喜びとも困惑とも取れる、なんとも言えない表情をしている。怪物の鳴き真似《まね》のときにも思ったが、この子は本当に素直な反応をする。昨日までは随分びくびくしていたが、本来はこちらが素なのだろう。年中無休で笑顔を張り付けていた俺とは大違いだ。

「話も面白かったよ。たしかに子供向けだが、案外設定が凝《こ》っていて」

「……！　そうですよね！」

　ぱっと嬉しそうな顔になるのが微笑《ほほえ》ましい。周囲に花でも飛ばしそうな様子だと思っていると、ふとチェルシーが真面目《まじめ》な表情をした。

「オズワルド様、疲れていらっしゃいませんか？」

「うん。ああでも、少し寝ようかな」

「はい」

「今なら怪物の夢が見られそうだから」

「もう！」

　わざとらしく声を上げたチェルシーを見て、また笑ってしまう。今度は呆《あき》れたような顔になった彼女は、本を持ったまま静かに立ち上がった。

「夕食のころにまた来ます」

「ああ」

今日は一日生き生きしていた。彼女も、たぶん俺もだった。

◇

数日後、久しぶりにマリアが夕食を運んできた。

「失礼します」

「なんだ、マリアか」

「チェルシー様じゃなくてすみません」

「言ってないだろ、そんなこと」

「ふふ。随分打ち解けたみたいですね」

マリアはからかうようにくすくす笑いながら、テーブルにトレーを置いた。相変わらずポトフの皿がひとつと水の入ったグラスだけだったが、ポトフの具材や味付けは以前よりもバリエーションが増え、飽きにくくなっていた。今日はベーコンとキャベツとじゃがいも、ブロッコリーらしい。

「うまそうだな」

「チェルシー様がいろいろ案を出してくださるんですよ」

「ああ、ミルク煮みたいな日もあったな。うまかった」

「オズワルド様も、飽きていたなら言ってくだされればよかったのに」

「どうせ大した量は食べられないんだ、腹に入れば同じだろ」

「……わたしたちの手間を考えてのことなんでしょうけど、自分たちの食事の支度もありますから遠慮しないでくださいね」

食欲がなかっただけだと答えながらも、図星だったからそれ以上は話さなくていいよう食事に手を付ける。

——俺は家に他人がいるのが好きではない。人が無意識に垂れ流している魔力の揺れ、気配のようなものが、多少離れていても手に取るようにわかってしまうからだった。自身の魔力が枯渇している今はまったく感知できなくなっているが、以前はどこで誰がなにをしているのか、扉一枚挟んだ程度なら知りたくなくても勝手に流れ込んできていた。家でまでそんな状態だと落ち着かないし、体調が優れないときには人の魔力に酔ってしまうこともあったから、使用人はもともと最低限しか置いていなかった。

孤児院の出だから身の周りのことは自分でできるし、魔法もあるから本当なら一人でも暮らしていけた。体質のことを思えば、どちらかというと進んでそうしたいくらいだ。しかし、権威ある宮廷魔導部隊の隊長という立場上、仕方なしに王都に屋敷を構えて人を雇っている。

体裁のためとはいえ無駄に広いこの屋敷で、以前からマリアとエドガー以外は俺が仕事に出ている日中だけ雇うかたちを取っていた。唯一、夕食を用意する必要がある料理人だけは俺が帰宅してからも働いていたが、こんな状態になってからは魔力酔いを気遣ったマリアとエドガーの計らいで、昼のうちに夕食まで用意させ、早めに帰しているらしい。今は気配を読めなくなっているから大丈夫だと伝えたけれど、体調に影響してはいけないと念には念を入れてくれている。料理人だけでなく、通いの使用人も減らしているようだった。せめて俺のために温め直す食事は少ない方がいいだろうと思っていたが、逆に気を遣わせることになってしまったようだ。

「ちなみに、トマト煮はお好きじゃないってチェルシー様にバレていましたよ」

「……生のトマトは平気なんだがなあ」

できるだけ平静を装って食べていたつもりだったのに。あの日はセロリも入っていたしなと思いつつ、今日のポトフを食べ進めていく。

「チェルシー様は、お優しい方ですね」

「まあ、あの日以来トマト煮は出てないな」

「ふふ、お料理のことだけではありません。何度か遠慮したんですけど、結局お屋敷のこともいろいろと手伝ってくださっているんですよ」

俺が手を止めたのに気が付いて、マリアは「なんでもかんでもやらせているわけじゃありませんよ」と言った。

「さすがにお掃除なんかをしていただくわけにはいきませんから、お庭の水やりですとか。お好きみたいです、植物」

「そうか」

あまり実家を思い出させたくはないが、好きでやっているならそれくらい構わないかと思う。貴族令嬢らしくはないが、使用人を減らしているからマリアも助かっているのだろうし。

「それで、チェルシーは？」

「声はおかけしたんですけど、お返事がなくて。もしかしたら眠ってらっしゃるのかもしれません」

「ああ……最近、熱心に本を読んでいるみたいだから夜更かししたのかもしれないな。今朝も少し眠そうだったし」

チェルシーは本当に読書が好きなようで、ジャンルを問わずなんでも読んでいた。この家にある本も好きに読んでいいと言ったから、俺がうたた寝している間は部屋で一人、いろいろと読み漁《あさ》っているらしい。買ったきり読まないままだった本も多い俺に、その日読んだ本の内容を教えてくれるのも日課になりつつある。

俺の倦怠感は相変わらずで、ここ数日は午前中チェルシーに本を読み聞かせてもらい、ああだこうだと感想を言い合ったりして、午後になるとうとうとしていた。魔力が回復する気配も瘴気《しょうき》が晴れる兆しもないままだったが、彼女と打ち解けてきたとは思う。

「先日道具が届いたので、刺繍もされているみたいですよ」

「へえ。まあ、ここに来て退屈してないならいいんだが」

「オズワルド様ったら、なんだかんだ面倒見がいいんですから」

「そんなんじゃない」

「はいはい」

マリアは俺の言葉を簡単に受け流し、「食器はあとで下げに来ますから、ゆっくり召し上がってくださいね」と出ていった。まだやることがあるんだろう。

それからしばらくして、ばたばたと慌てた足音が近付いてきた。いつもより少しだけ勢いのいいノックの音に「どうぞ」と声をかければ、転がるようにチェルシーが入ってくる。

「す、すみません、遅くなってしまって……！　お食事は、……あ」

「うん、すまない」

自分で食事を摂《と》っている俺を見て、チェルシーはがっくり項垂《うなだ》れた。そんな彼女を促せばとぼとぼと近付いてきて、ベッドの隣——すっかり定位置となった椅子に腰かける。ほとんど空になっている皿が目に入ったのか、一層しょんぼりしてしまった。こうも残念がっているのを見ると、待っていてやればよかったかと思う。

「眠っていたんだろう？」

「ど、どうしてわかるんですか？」

「マリアが、声をかけたけど返事がなかったと言っていたし……頬にシーツの跡がついてる」

手を伸ばして指先でそこに触れると、チェルシーは恥ずかしそうに目元を赤らめた。相変わらず、俺が触れても嫌そうな顔ひとつしない。

「今朝も眠そうだったしな」

「……昨日、夜更かしをしてしまって。お昼寝にしては寝すぎてしまいました」

やはり本でも読んでいたんだろう。

「まあ、たまにはいいさ。俺だって毎日昼寝しているわけだし」

「オズワルド様は療養中ですので、それがお仕事です」

「君だって、別に昼寝しちゃいけないわけじゃないだろう」

「わたしは……」

ややを空けて、チェルシーは「わたしはだめです」と俯《うつむ》いた。両手がスカートをきゅっと握っている。

彼女がこういう反応をすることはたびたびあった。例えば、俺がなにか買い与えたときや、自由に過ごしてほしいと願ったとき。申し訳なさそうに、困惑しているように、眉を下げて俯いてしまうのだ。

これまでの彼女の生活については、ほとんどなにも聞いていない。また青い顔をさせては可哀想だし、思い返す必要がないくらい楽しく生きてくれればとも思うようになっていた。素直で表情豊かなチェルシーを想《おも》う気持ちは、今のところ婚約者に対するそれというより妹へのものに近い気がするけれど。

少なくともここでは穏やかに、健やかに過ごしてほしかった。だから嫌な記憶には蓋《ふた》をしていてやりたいのに、彼女は時々自分でそれを開けてしまって、悲しい顔をする。

「……初めにも言ったが、俺の世話は義務じゃない。屋敷のことも、手伝ってくれていると聞いているし感謝はしているが、君がやらなかったからといって追い出すつもりもない」

「……はい。ありがとうございます。でも、わたしは魔法もろくに使えないし、お役に立てることがほとんどないので。明日はちゃんと参りますね」

礼を言われることでもないんだがなあ。誰かと比べたいわけでもないし。言い方から察するに、チェルシーは俺の食事の世話でさえ「やらせてもらっている」と思っていそうだ。

どうにかもう少し気楽に構えてもらいたいと思いつつ、最後の一口を食べきった。

「チェルシー、悪いけど食器を……っと」

「どうかされましたか？」

「いや、髪がな」

食器を下げてもらおうと体勢を変えると、腰まである髪が邪魔になった。プラチナブロンドのそれは魔力が強い証《あかし》だし、髪にも多少は魔力が宿るので伸ばしっぱなしにしていたが、ベッドで過ごす時間が長くなってからは鬱陶《うっとう》しくて仕方がない。ただでさえ体がだるいのに、寝返りを打つだけでも煩《わずら》わしくて嫌になる。

髪に宿る魔力なんてたかが知れているし、それですらいつ戻るかわからないのだから、いっそのこと切ってしまおうか。

「それなら、あの、少し待っていてください」

俺から受け取った皿をテーブルに置いて、チェルシーは部屋から出ていった。五分も経《た》たずに戻ったその手には、白いリボンがある。

「この前道具を買っていただいて……昨日の晩、ちょうど出来上がったんです」

よく見ればそのリボンには、エメラルドグリーンの糸で刺繍が施されている。夜更かしは読書じゃなくてこのためだったのか。

「刺繍が好きっていうのは本当だったんだな」

「えっ？　う、嘘《うそ》だと思ってらっしゃったんですか？」

「ああいや、そういうわけじゃない」

驚くチェルシーを笑って誤魔化して、よく見せてくれとリボンを受け取った。彼女にとって刺繍が嫌な思い出ではないのなら、道具を用意してよかったと思う。

「うまいものだ」

「ありがとうございます」

リボンにはいくつかの植物が丁寧《ていねい》に刺繍してある。俺には魔法以外に得意なことも誇れる趣味もないから、こういったものは純粋にすごいなと思う。

感心しながら指先で刺繍をなぞっていると、ふと違和感を覚えた。刺繍糸がほんの少しあたたかいように思える。これは……。

「チェルシー」

「はい」

「君、魔法はほとんど使えないんだったな」

「はい。ものすごくがんばって、指先から数滴、水を出せるくらいです」

それくらいなら、魔力が少ない平民の三歳児レベルだ。彼女は情けない顔をする。

しかし——……。

「……このリボン、ほんの僅《わず》かだが魔力が宿っている」

「え？」

「俺でギリギリわかるくらいだが、治癒魔法と……聖魔法だな」

「治癒魔法と、聖魔法……？」

「ああ、驚いた」

刺繍に触れて感じたのは、ごく僅かの魔力だった。それも、普通なら考えられない二種類の魔法。比較的簡単に定着できる火や水の魔法と違い、治癒魔法の定着は難しい。一般には治癒魔法に特化した熟練の魔導士だけができるもので、治癒魔法が込められた腕輪やペンダントは非常に高価だ。聖魔法に至っては、その比ではない。国でもっともレベルの高い魔導士が集まる場で働いている俺でさえ、聖魔法が定着した物を見るのは初めてだ。歴代の聖女でもそれができた者はほとんどおらず、そのために彼女たちは自ら土地を浄化して回る他なかった。簡単に定着させられたなら、銅像にでも定着させて村ごとに置いておけるのに。

どちらかひとつだけでもすごい魔法が、微弱な力とはいえふたつ同時に定着している。とんでもない代物《しろもの》だ。

「すごいな……」

思わず感嘆の声を漏らした俺とは違って、チェルシーはそのすごさがわかっていないのかきょとんとしている。

「わたし、自分が水魔法以外を使えるなんて知りませんでした」

「治癒魔法や聖魔法は、才能に加えて使おうという意思が大きく関係するからな」

治癒魔法はともかく、実家からほぼ出なかったというチェルシーが、聖魔法を使おうとしたことなんてまずないはずだ。

「オズワルド様がよくなりますようにと願いながら刺していました。だから使えたのでしょうか」

「かわいいことを言ってくれるなあ」

「い、いえ」

頬を染めたチェルシーを見て、自分の顔が緩んだのがわかった。俺の瞳と同じ色の糸を見たときに「もしかして」とは思ったが、俺を想って用意してくれたもので間違いないらしい。

「結んでくれるか」

「はい！」

リボンを返すと、彼女は嬉しそうに俺の髪を梳《す》き始めた。

「オズワルド様の髪はさらさらですね、羨《うらや》ましいです」

「君の髪も柔らかくて触り心地が良さそうだが」

「癖毛なだけです。毎朝大変なんですよ」

横になったとき邪魔にならないようにと、チェルシーは俺の髪をサイドでまとめた。リボンを結びながら、彼女はふと真面目な声色になる。

「……これは、その、少しくらいはオズワルド様のお役に立ちますか？」

「どうだろうな」

「……正直に言ってくださると」

「……術としてはとんでもないが、魔力自体が弱すぎる。効果が期待できる魔力量じゃないな」

「そう、ですよね……」

俺の率直な言葉に、チェルシーは悲しそうな目をした。リボンを結び終え離れようとする彼女の腰を、気だるい腕で掴《つか》んで引き寄せる。

「わ……っ！　お、オズワルド様？」

よろけて倒れ込んできた彼女を抱き締めて、想像通り柔らかい髪に頬を埋めた。

「だが、俺の心にはよく効くよ。すごい魔法だ。ありがとう」

「っ、はい……！」

俺を想って夜更かしをした女の子を、愛《いと》しく思う。腕の中で震える体温を感じながら、その涙声には気が付かないふりをした。

第二章　君が降らす心

「……君、また夜更かしをしただろう」

「し、して、ません」

「俺の目を見て言いなさい」

「う……」

すみません、と頭を垂れたチェルシーは、連日刺繍《ししゅう》をしているらしい。今も朝食のトレイを机に置くなり重そうな瞼《まぶた》を擦《こす》ったので、すぐに寝不足だとわかった。

リボンを貰《もら》った日から一週間が経《た》っている。あれから刺繍入りのハンカチが二枚増え、おそらく今は枕《まくら》カバー。先日、エドガーに新品のカバーを買ってほしいと頼んでいたらしいから間違いないだろう。

「気持ちは嬉《うれ》しいが、君が倒れたら誰が俺の口に食事を運んでくれるんだ」

「……最初の日に、ちょっとやそっと放っておいても死にはしないとおっしゃってました」

「ほ〜？　口答えするようになったのはこの口だな」

「痛い！　痛いです！」

柔らかな頬《ほお》を軽く摘まむと、チェルシーは大げさにきゃあきゃあ騒いだ。はしゃぐように逃げる腰を捕まえてベッドに引き寄せれば、彼女はそのままぽすんと腰かける。

随分打ち解けたチェルシーは、以前よりもずっと笑うようになった。これが彼女の素なのだと思えば、そう振る舞えるようになったことが喜ばしい。

「……気休めなのは、わかっているんです。わたしなんかの魔力じゃ、いくら物に込められたって意味がないって。でも、なにかをせずにはいられなくて」

「うん。ありがとう」

放っておいたら、彼女は黙々とあらゆるものに刺繍を施すのだろう。枕カバーに、寝間着にシーツに。

「けど、俺に構う時間も取ってくれないとなあ。退屈で死にそうだ」

「起きていても平気なのですか？」

「ああ。不思議とだるさが少しマシになっているから、最近は昼寝も短いよ」

病は気からとでもいうのか、はたまた単純に、時間で体力が戻ってきているのか。昼食のあとチェルシーが部屋を出ていってからも、うとうとすることが減った。

「そうだ。どうせならこの部屋でやってくれ」

「お邪魔になりませんか？」

「退屈だって言ってるだろう。俺も適当に本を読んだりしているから、疲れたら二人で休憩しよう」

いくら彼女が若いからといって、ずっと作業をしていれば体が痛くなってしまう。俺の目が届けば、適度に休ませてやれる。

「ちゃんと構ってくれ」

「オズワルド様、子供みたいですね」

「ああそうだよ。そして面倒を見ているのは君だ」

そうですね、と笑った彼女は、午後も俺の部屋で過ごすようにすると言った。長い時間魔術だけだった俺の小さな世界は、今やかわいい婚約者でいっぱいだ。

「あ、でも、今日の午後は花壇の植え替えのお手伝いをすると、マリアさんと約束していて」

「寝不足なのに大丈夫か？」

「平気です！　わたしは結構体力があるんですよ」

チェルシーはぐっと拳《こぶし》を握ったが、無理はしないようにと言い含めた。


午後になって、やはり数日前に比べて明らかに体調がよくなっている気がした俺は、ベッドからゆっくりと足を下ろした。少し前まではたったこれだけの動作でも眩暈《めまい》がするほどの疲労感があったのに、今はまったくない。膝に手を置いて、腰を上げる。

「……立てた、な」

思わず零《こぼ》れた呟《つぶや》きは、静かな部屋に溶けていった。必要があればエドガーに肩を借り、引きずられるように歩いていたので、元の自分の目線の高さが妙に懐かしく感じる。ぐるりと部屋を見回していると、開けた窓の外から笑い声がした。

チェルシーの声だった。引き寄せられるように一歩一歩踏み出して、窓際に向かう。ベッドに横たわった状態ではせいぜい空しか見えなかったので、庭を見下ろすとその鮮やかさに目が眩《くら》んだ。何度か瞬《まばた》きをしてピントを合わせる。たくさんの花が咲く庭の一角に、つばの付いた帽子を被《かぶ》ったチェルシーとマリアがいた。

言っていた通り、花壇の植え替えをしているようだ。少し離れたところで、エドガーが肥料らしき袋を運んでいる。力仕事を手伝っているのだろう。

帽子のせいで表情は見えないが、楽しそうにやっているのは声でわかった。なんと言っているかまでは聞き取れないものの、弾《はず》む声色であることは間違いない。

本当に変わった子だと思う。こんなふうに使用人と土いじりをする貴族令嬢なんて、他にいないだろう。

そんなことを考えつつ、マリアやエドガーともすっかり打ち解けている様子を微笑《ほほえ》ましく見ていると、不意にチェルシーが顔を上げた。俺に気が付いたらしくぱっと表情が明るくなって、大きく手を振る。

かわいいなと思いながら手を振り返せば、チェルシーはすぐに「あれ？」という顔をした。彼女は小さく首を傾《かし》げてから、マリアを見て、少し離れたエドガーを見て、もう一度俺を見る。やがて、その表情が驚嘆と歓喜の色に染まった。

チェルシーが「マリアさん！」と叫んだのが聞こえる。それから、俺が一人で立っていると慌てた声で説明しているらしい。おかしいやら気恥ずかしいやらでむず痒《がゆ》い気持ちになりながら、俺は窓に背を向けた。ゆっくりと足を動かして、扉に向かう。

筋力が落ちているのだろう。気を抜くとかくんと膝《ひざ》が折れそうな気はしたが、慎重に進めば問題はなかった。ちょうど入り口に辿《たど》り着くかというあたりでばたばたと足音が聞こえたので、これ以上進むのはやめておく。

転ぶとまずいと思って立ち止まったはずなのに、部屋に飛び込んできたチェルシーを抱き止めようとして、結局俺はその場で尻餅《しりもち》をついた。

「オズワルド様！　す、すみません！　お怪我《けが》は……っ、というか、動いて大丈夫なのですか？　お一人で動けるようになったなんて、よかった……じゃなくて！　本当にすみません！　お怪我はありませんか!?」

チェルシーは大慌てで謝罪をし、俺の体を気遣い、一人で動けたことを喜び、また心配をし……と、てんやわんやだ。

生まれて初めて立って歩いたときよりも大騒ぎかもしれないと思って、俺はおかしくてたまらなくなる。追いかけてきたマリアとエドガーも釣られるように笑って、屋敷の中はこれまでで一番賑《にぎ》やかだった。

◇

数日後の昼下がり。ノックの音にどうぞと答える。この時間に俺の部屋にやってくるのが誰かなんてわかっているというのに、チェルシーが入ってくると自然に頬が緩んだ。

「失礼します。刺繍をしようかと……」

「うん」

「あ……すみません、お邪魔ですか？」

「いいや、構わないさ」

珍しく机に向かい、届いた手紙を広げて返事を書いている俺を見て、チェルシーは遠慮がちに近付いてくる。

「お友達へ、ですか？」

「はは。残念ながら仕事だ」

うわべだけの友人ならたくさんいたけれど、瘴気《しょうき》を浴びて呪われたという噂《うわさ》で手紙も来ない程度の関係だ——とは、言うと彼女が気にしそうだから、口にしないでおく。

「休職中とはいえ俺が確認しておいた方がいいこともあるし、部隊の連中も俺の体調を気にしてくれているみたいだからな」

「オズワルド様は、職場でも慕われていらっしゃるんですね」

「どうだろうなぁ。ずっと猫を被っていたから、嫌われてはいないだろうが」

「そんな……オズワルド様も、お仕事や部隊のみなさんのことはお好きなのではないのですか？」

「どうして？」

「優しい顔でお返事を書いていらっしゃるので」

「……そうかもなあ」

自分にできることは魔法だけだったから、なにも考えずに選んだ仕事だ。それでも、たしかにやりがいを感じることはあったたし、仲間にも恵まれていると思う。寝たきりになり、婚約を破棄されて、誰も見舞いにすら来なくて……上っ面だけで生きてきた自分にはなにも残らなかったと思った日もあったけれど、少し体が楽になり気持ちが落ち着くと、まるっきりなにもなかったわけではないと思えてきた。少なくとも仕事の話より先に体調を気遣う言葉が山ほど並んだ手紙を見ると、そう思う。

「……部隊の連中は、仕事の合間に俺の瘴気を祓《はら》う方法を探してくれているらしい」

「そうなんですか！」

「まあ、いい話はなんにも見つかってないみたいだが」

「それでも、オズワルド様を想《おも》って行動してくださる方々がいるということです」

「はは、そうだな。君の他にもいてくれるみたいだ」

部隊の仲間も見舞いには来ない。でもそれは呪いなんて噂を恐れているからではなく、自分たちの強い魔力が俺の体調に影響しないかと気遣ってくれているからだ。以前、具合が悪いと魔力酔いしやすいと零《こぼ》したことを、仲間の誰かが覚えていてくれたからだ。それくらいは、届いた手紙の厚みでわかる。

「魔獣被害の後始末もある中、ありがたいことだよ」

予想通り、魔獣の出現は極端に減り、また王の夢見によって厄災《やくさい》の年は終わったと宣言された。それでも魔獣の被害に遭った土地の復興支援だなんだは残るわけで、魔導部隊としても忙しい日々は続く。

「あの……、オズワルド様が魔獣に襲われたときのことを、詳しくお伺いしてもいいでしょうか」

チェルシーがおずおずと尋ねてくる。

「うん？　構わないが、面白い話じゃないぞ」

「大丈夫です」

それならばと話すことにしたものの、長くなりそうだったのでチェルシーはいつもの椅子《いす》に座らせた。自分はベッドのふちに腰かけながら、さて、どこから話そうかと考える。

「君は、魔獣についてどれくらい知っている？」

「ええと……、瘴気に当てられた動物が変化したもので、毛色は黒く、瞳は赤くなり、多くがとても凶暴になること。厄災の年以外でも多少は現れるものの、ほとんどが単体で出現するのに対し、厄災の年に現れる魔獣は数が多く、元の動物の習性によっては群れることもあって厄介だということ。あとは、物理攻撃でも倒せるけれど、多少の出血なら瘴気で補えるのか、確実に仕留めるためには急所を的確に狙《ねら》う必要があること……くらいでしょうか」

「よく知っているな」

「本で読んだだけの知識です。実際に見たことはありません」

魔獣が現れるのは、そもそも野生動物が多く生息している田舎《いなか》が多い。王都に出現することはほとんどないし、家からほぼ出たことがないというチェルシーならば、見たことがないのは当然だろう。

「合っているよ。平時には主に騎士団が対応していて、どうしても仕留めきれない場合のみ魔導部隊が出る」

一年と少し前からじわじわと出動要請が増え始め、やがて王の夢見によって厄災の年が訪れたと宣言された。

「王の宣言以降、魔獣の出現は桁違《けたちが》いになった。各地で魔獣が群れを成し、人を襲ったり田畑を荒らしたりしていたが……まあ、さすがに何百年も同じことを繰り返しているからな。魔獣が出現しやすい地域ではそれなりに対策もされていて、騎士団も常駐している。いくらか被害が出ても、魔導部隊の到着を待たずに手遅れになる、なんて地域はなかったんだが」

だからこそ、この一年を乗り越えたら結婚しましょう、なんて浮かれた話が出ていたとも言える。

「最後に訪れた村だけは、明らかに様子が違った。村に近付くにつれ瘴気が濃くなり息苦しいほどで、魔獣がそこら中うろうろしていた。住民のほとんどは生活どころではなくなって隣村へ避難していたし、騎士団も詰め所から動けずにいたくらいだ」

「それほど数が多かったんですね」

「それもあるが、現れる魔獣の多くが物理攻撃では仕留めきれないほど大きく、凶暴でもあった。平時に現れる魔獣はせいぜい野犬くらいの大きさだが、村には明らかにそれより大きな野獣がごろごろいたんだ。多分、元は狼《おおかみ》やイノシシだろうな」

「大きな生き物ほど魔獣化しづらい、という論文を読んだことがあります。魔獣になる理屈が、たしかバケツに例えられていて……体の中にあるバケツが瘴気でいっぱいになると魔獣化してしまうとするなら、小さな生き物はバケツも小さいから少しの瘴気でも魔獣化してしまう。大きな生き物はバケツも大きいから、普通はそう易々《やすやす》と魔獣化しないと」

「その通りだ」

チェルシーの知識に感心しながら、説明を続ける。

「通常の討伐《とうばつ》任務は、魔獣を倒せば終わりだ。しかし、厄災の年だけはそうはいかない。聖魔法で土地を浄化しなければ、二日と経たずにまた魔獣で溢《あふ》れてしまうからな。――……そこで、聖女の力が必要になる」

聖女と口にした瞬間に、チェルシーが両手を握り締めた。避けては通れない話だが、できるだけ淡々と話そうと心に決める。

「土地を浄化する際、魔獣の数はできるだけ減らしておいた方がいい。魔獣がいるということは、そのぶんその場に瘴気が多いということだから、聖魔法の発動が難しくなる。殲滅《せんめつ》した上で落ち着いて聖魔法を使うのが理想だったが……端から倒していくには時間がかかりすぎる。村のすぐ近くに山があったから、倒す傍《そば》からまた湧《わ》き出てくるのが簡単に予想できたし、熊のような大型の魔獣の目撃情報まであって、田畑や民家の荒らされようもひどいものだった」

できるだけ迅速に、山の方までの広い範囲を浄化した方がいいということでリリーと意見が一致した。

「そこで俺は、特級魔法を使うことにした」

「……特級魔法……？」

チェルシーがきょとんと首を傾げる。

「あの……、わたしは魔法の勉強をしていないのであまり詳しくはないのですが、それは上級魔法よりもすごいものなんでしょうか？」

一般に、平民が使えるレベルの魔法を初級魔法という。比較的魔力量が多いとされている貴族たちは中級魔法まで学ぶことも多いが、上級魔法ともなれば魔導士レベルだ。

「特級魔法は、今よりはるか昔、魔法全盛期に、当時の魔導士によって編み出されたと言われているものだ。俺も古い文献でしか見たことがない」

「オズワルド様は、それが使えるのですか？」

「まあ、やればできたな」

チェルシーの顔に「すごい」と書いてあって、少しくすぐったい気持ちになる。

「魔導部隊はそもそも人数が少ない。もともと四十人ほどだし、王宮の警備や、浄化し終わった土地の復興支援なんかにも人手を割かれていたから、俺とともに村に向かったのは三人だった」

「そんなに少ない人数で……」

「最低限の場所を確保して、三人と常駐の騎士団に周囲の警戒を任せ、俺は特級魔法を、リリーは聖魔法の展開に入ったんだ。だが、その途中で……周囲の警戒を抜けて、一匹の魔獣が飛び込んできた。噂に聞いていた通り、熊のような大型のものだ」

「……熊は、あの大きな見た目に反して足が速いんですよね」

「ああ。そいつはリリーだけを狙っているようだった。展開にあたって聖魔法が体から漏れ出ていたから、それを察知したんだろう。他の魔獣も追随するように集まり始め、俺の部下も騎士団も、自分の目の前の魔獣に対応するだけで精一杯だった」

「……お姉様は」

「聖魔法の発動には集中力を要する。特に広範囲の土地の浄化ともなると、並大抵の集中力では展開すらできないだろう」

規模の大きな魔法は、まず展開するところから始まる。影響を及ぼしたい範囲内に魔力を張り巡らせるその行為だけでも、よほどの魔力と技術、そして集中力がなければ難しい。

「リリーは魔獣に気付いていなかった。気付いていたとしても、避けたり反撃したりする余力はなかっただろう。とはいえ俺の方も特級魔法の展開途中だったし、他のカバーにも魔力を振っていたから、大型の魔獣を撃退できるほどの余裕が残っていなかった」

「一度、特級魔法の展開をやめる、とか……」

「一瞬考えたんだがな。けれど、俺が先に特級魔法を発動して一帯の魔獣を蹴散《けち》らさないと、リリーの聖魔法の発動が難しくなる。つまり俺がやめれば彼女もやめることになるが、また一から展開し直すには魔力の回復を待たなくてはならないし、そうこうしているうちに被害も広がる。だから咄嗟《とっさ》に体が出た」

リリーを抱きかかえるように庇《かば》った瞬間、顔面に激痛が走った。あまり長くは庇えないと思ったが、ほどなくしてリリーが「いけます！」と叫び、俺は特級魔法を発動した。

「俺は風魔法が一番得意だから、風の特級魔法だった。うまく発動したようで、俺を襲った大型の魔獣を含めすべての魔獣が木端微塵《みじん》になった。……まあ、俺にはもうあまり見えていなかったが」

真剣に聞いていたチェルシーがあまりにも悲痛な顔をしたので、安心させるように笑ってみせる。

「そのあとリリーが聖魔法を発動して、土地の浄化はうまくいった。一番近くにいた部下が走ってきて、すぐ俺に治癒魔法をかけてくれたんだが……」

「……傷跡と瘴気が残ってしまったんですね」

眉《まゆ》を下げ、今にも泣きそうなチェルシーの頬を片手で撫《な》でる。

「おかげで君がうちに来てくれたんだ、そんな顔をしないでくれ」

「すみ、ません……。あの、オズワルド様……、ありがとうございました」

チェルシーは小さく頭を下げた。感謝の言葉は、当時の話を聞かせたことに対してなのか、彼女を迎え入れたことに対してなのかはわからない。深掘りすることでもないと思って、とりあえず「うん」とだけ答えて話題を変えることにした。

「魔獣討伐以外にもいろいろと仕事はあるんだが、一番地味なのは宮廷内の魔石の補充点検だな」

「そんなことも魔導部隊の方たちが？」

「ああ。あとは教会と連携して貧しい人々に治癒魔法を施したり、魔法学校に指導に行ったりもする。案外何でも屋だよ」

「すごい……。お忙しいんですね」

チェルシーの表情が、泣きそうな状態から興味津々といった様子に変わっていったので安心する。うまく気を逸《そ》らせたようだ。

「忙しいが、合間に魔法の研究や魔法道具の開発をする奴《やつ》もいる。俺はあんまりそういうことに興味がないから、もっぱら実務ばっかりだったが」

「オズワルド様が働いてくださった分、好きな研究をできた人もいるかもしれません。人はそれぞれ得意なことが違いますから、役割分担です」

「ああ……君が読んでくれた絵本もそういう話だったな」

「はい！」

大好きな本の話が出たからか、チェルシーはすっかりいつもの笑顔になって頷《うなず》いた。

あの話の主人公は、賢い兄と力持ちの弟。それぞれが、相手のために自分ができることをやる。そういう物語だった。

俺が俺にできることをしたことで、誰かの役に立っていたなら悪い気はしない。チェルシーの考え方も、それを素直に口にするところも好きだなと思って、あたたかい気持ちになる。

「ふふ」

「……オズワルド様？」

「いや、悪い。君の演じる怪物を思い出して」

「もうっ！」

零れた笑みを誤魔化していると、唇を尖《とが》らせていたチェルシーが不意に真面目《まじめ》な顔になって、俺の顔をじっと見た。

「ところで、オズワルド様……最近、顔色がよくなっていませんか？」

「そうか？」

「瘴気の靄《もや》が、少しだけ薄くなっている気がします」

「見慣れただけじゃないのか」

「うーん……そう言われるとそうかもしれません」

たしかに俺はいくらか立って歩けるようになっただけでなく、こうしてしばらく起き上がって話をしたり、書き物をしたりしていても疲れない程度には回復していた。魔力は相変わらず空っぽだったが、空っぽの状態で過ごすことに体の方が慣れてきたのかもしれない。

「まあでも、調子はいいな。食欲も戻ってきたし。明日からは食堂で君と食べよう」

「本当ですか⁉」

今日一番嬉しそうな顔をしたチェルシーは、大げさなほどはしゃいだ。

「マリアさんに伝えておかないと！」

「頼む。料理もポトフ以外がいい」

「わかりました！」

泣きそうになったり、拗《す》ねてみたり、真剣な顔をしたり、子供みたいにはしゃいだり。自分に素直な彼女を見ていると、飽きることがない。悲しい顔は少ないに越したことはないけれど。

「楽しみですね！」

うん、と笑って答えた俺もきっと、今は同じように素直だろう。

◇

さらに数日が過ぎ、チェルシーが長い時間俺の部屋にいることにも慣れてきた。そんな昼下がり、俺はベッドに横たわったまま、相変わらず刺繍に勤《いそ》しむ彼女をぼうっと見ていた。

枕カバーを完成させたあと、チェルシーは本当に寝間着にも刺繍を入れ始めた。俺が適度に休憩させたり、今日は読書にしようと作業を止めたりするのでペースは落ちたが、シーツに取り掛かる日も近いと思う。放っておいたらまた夜通し作業をしそうだから、部屋を出るときには道具を置いていかせている。

すっかり当たり前になった、穏やかな時間。午後の柔らかな日差しと、時折部屋に吹き込んでくる優しい風。気が付くと少し眠気を覚えて、誘われるがままうとうとと瞼《まぶた》を閉じた。ベッドに沈んでいるはずの体がふわふわと浮いているような、不思議な感覚がする。

微睡《まどろ》みは、ほんの五分、十分のことだったと思う。次に目を開けたとき、懐かしさに体が震えたのがわかった。

「……チェルシー」

「はい、なんでしょう」

起きてらしたんですね、と顔を上げた彼女の髪がさらりと流れて頬にかかる。本人の手が邪魔そうにそれを退ける前に俺が指先を向けると、ふわっと小さな風が起きた。

「…………オズワルド様、今」

「うん」

いま、と再び呟いた声が震えている。小さな風は自然現象としてはありえない、不思議な動きで彼女の髪をその小さな耳にかけたのだ。それがどういうことなのかわからないほど、俺の婚約者殿は鈍くはないらしい。

わっと泣き出した声が耳元で聞こえる。あっという間に駆け寄ってきたチェルシーが、俺に抱き着いてわんわん泣いている。

よかった、よかった、嬉しいですと泣き続ける彼女を抱き締め返しながら、俺は初めて君から抱き着いてもらえたことの方が嬉しいよ、なんて思った。

◇

「起きてきて大丈夫なのですか？」

「ああ。まったく手伝えることはないが」

「ふふ」

ある日、たまには甘いものが食べたいと零したところ、チェルシーが「作れますよ」と言った。休憩という名のお茶の時間に、彼女が食べている市販のお菓子をわけてもらおう、くらいの気持ちで言った言葉が、思いもよらぬ幸運を運んできた。すぐに「あ、でも買ってきた方がおいしいですよね」と言った彼女を言いくるめて、キッチンに立ってもらっている。

「……案外力が要《い》りそうだな」

「まだまだこれからですよ」

パウンドケーキを作るらしい。さっきまで黙々とバターと砂糖を混ぜていたチェルシーが、別の器に卵を割り入れる。よく溶いたそれを少しだけバターと砂糖を混ぜたものに入れては混ぜ、また少しだけ入れては混ぜ。

「一気に入れるとだめなのか」

「ちょっとずつ混ぜないと分離するんです」

「ふうん」

混ぜるくらいなら代わろうかと言ったけれど、休んでいてくださいの一点張りだった。魔力も体力も回復したのはごく僅《わず》かなので、大人《おとな》しく言うことを聞いておく。以前だったら魔法で何時間でも混ぜられたのに。

ともかく、俺の手など借りなくても、チェルシーはパウンドケーキを完成させた。お茶の用意をして、せっかくだからとテラスへ向かう。

「……どうですか?」

「うん、うまい。店のものよりおいしいんじゃないか」

「よかった。今日はプレーンですが、バナナやオレンジを入れてもおいしいんですよ」

婚約者の手作りである、ということを差し引いても、しっとりしたパウンドケーキは本当においしかった。庭に出たのも随分久しぶりだったから、陽《ひ》の光や爽《さわ》やかな風も相まって気分がいい。

「お菓子作り、好きだったんだな」

「特別好きというわけではなかったんですが……」

紅茶を飲んでいたチェルシーの手が止まる。さっきまで穏やかだった表情が曇《くも》ったので、思わず名前を呼んだ。

「チェルシー？」

「……あ、いえ、えっと……。姉が、よく、わたしに作るようにと言っていて」

「……そうか」

途端に空気が重くなる。久しぶりに、リリーの話になってしまった。案外力仕事だったものの張りきって作っているようだったから趣味のひとつかと思っていたが、強《し》いられていたのならあまり楽しいことではなかったのかもしれない。

「悪かった。あまり好きじゃないなら、もう」

「いえ！　いいえ、あの……お口に合ったなら、食べてほしい、です。これからも」

オズワルド様に作りたいです、と困った顔で笑うのを見て、内心憤《いきどお》りを感じる。なにが出来損ないだ。どうしてリリーは、チェルシーのことをそんなふうに言っていたのか。

強い魔力を持っていなくても、チェルシーはたくさんのことができる。刺繍も、お菓子作りも。なにより心からの笑顔で、俺を幸せにできる。

俺だけじゃない。マリアもエドガーも彼女を気に入ったようで、俺が見てないときの彼女の様子を楽しそうに伝えてくれる。使用人に横柄な態度を取ることもなく、むしろ進んで手伝いを買って出るチェルシーに、二人ともすっかり気を許しているらしい。

「……そういえば、君が植え替えていた花壇の花も綺麗《きれい》に咲いていたな。あの花壇以外も、毎日水やりを手伝ってくれているとマリアに聞いたよ」

　無理やりに話題を変えると、チェルシーは僅かに微笑んだ。

「はい、ちゃんと咲いてくれてよかったです。ここはお庭が広くてたくさん植物があるので、水やりだって毎日しても飽きません」

「花が好きか？」

「はい！　図鑑と見比べるのも好きです」

「君らしい楽しみ方だな」

「オズワルド様も植物がお好きですか？」

「俺はそんなに」

　チェルシーの大きな目が何度か瞬いた。ならばどうしてこんなに庭が広いのか、こんなにたくさんの植物が植わっているのかと顔に書いてある。

「マリアが好きだからな。植わっている花も木も、全部彼女の趣味だよ」

「マリアさんの……」

　小さな声で繰り返したチェルシーが、少し間を置いて尋ねてきた。

「……あの、オズワルド様とマリアさんって、その……、特別な関係なんでしょうか？」

　少し言いづらそうなその言葉に、今度は俺の方が目を瞬かせる。

「……特別といえば特別だが。なんだ、やきもちか？」

「やき……っ!?　ち、違います！」

「残念、違うのか」

一瞬で赤くなった表情に笑っていると、チェルシーは悔しそうに口を引き結んだ。

「ごめんごめん。そんな顔をしないでくれ」

「……家族みたいな存在なのかと思っただけです」

平謝りする俺から、彼女は拗ねたように視線を逸らして呟いた。

「家族か。まあ……いたらこんな感じなんだろうとは思うよ」

「……オズワルド様、ご家族は？」

「生まれてすぐ孤児院の前に捨てられていたからな、残念ながら一人も」

実際は、残念に思うほど羨《うらや》む気持ちもないけれど。

「七つで魔法学校に入るまでは、セルウェイ地区の孤児院にいた。マリアは俺のふたつ上で、孤児院でもよく面倒を見てくれていたんだ」

この国では、無償で教育が受けられる。特に魔法学校では、優秀な生徒には住む場所や食べるものなんかも用意してもらえるのだ。生まれつき魔力が多く、魔法の才があった俺は早々に孤児院を出て魔法学校の寮に移った。

「……俺は、人が無意識に垂れ流す魔力の揺れを感知できる。そのせいで誰がどこでなにをしているのかがわかってしまって、狭い孤児院の中じゃ気味悪がられたし……正直浮いていたんだ。マリアだけが、それを物ともせず俺に構ってきた」

一人でも平気だと思っていたけれど、本当の意味で一人ではなかったから平気だっただけなのかもしれない。

「俺が魔法学校の寮に入ってからも、手紙のやりとりはしていたんだ。魔導部隊の隊長になって屋敷を構えなければならなくなったとき、人も雇う必要があって……最初に連絡したのが彼女だった。当時働いていた屋敷の主人が気に食わないと、手紙にも散々書いてあったしな」

「そうだったんですね」

「ああ。少々口うるさいときもあるが、来てくれて助かったよ」

「ふふ。マリアさん、わたしにもたくさん優しくしてくれます。わたし、それがとっても嬉しいんです」

拗ねた様子なんてもうなくなっていて、代わりに柔らかく下がった目尻が、彼女が心からそう思っているのだと教えてくれる。

「だから、水やりも楽しいです。ありがとうって、マリアさんが笑ってくれるから」

「助かっていると言っていたよ」

「よかった」

子供のようにくるくる変わる表情や、嬉しい、楽しいと思ったまま口にできる素直さに釣られて、自分の頬も緩むのがわかる。チェルシーといると、自分まで素直になれる気がする。

「それなりに広いから、案外時間がかかるだろう？　以前は出勤する前に俺が魔法で水をやっていたからすぐに済んだんだが」

「この広さを魔法で、ですか？」

「ああ。花を傷《いた》めないように、霧状の水をしばらく降らせていた。よく晴れた日は朝日が反射して綺麗なんだ」

「すごい……見てみたかったです」

チェルシーが心からの声色でそう言ったので、見せてやれなくて残念だと思う。……ああでも、今なら。

「庭全部は無理だが、少しくらい大丈夫だろう」

「……？　オズワルド様？」

「おいで」

立ち上がって、首を傾げるチェルシーの手を取った。そのまま一番近くに咲いていた花の前まで移動する。

「君は水魔法の適性があるんだったな」

「て、適性といっても……！」

ものすごくがんばって指先から数滴出せるくらいだと、チェルシーはいつかと同じことを言った。

「十分だ」

「ひゃ……っ、オズワルド様！」

「力を抜いて。右手を少し上げていてくれ」

繋《つな》いだ手を一度離して、チェルシーの背後へ回る。左手は彼女の腰に、右手は彼女の右手の甲に添えた。実のところここまで密着しなくても構わないのだが、まあ、役得ということで。

自分よりはるかに小さい手を花にかざすよう誘導して、重ねた手のひらからゆっくりと魔力を流す。

チェルシーがびくりと体を強張《こわば》らせた。

「大丈夫」

「で、でも、なにか……あたたかいものが体の中を通っている感じがして」

「それがわかるなら、やっぱり適性はある。少しくすぐったいだろうけど、身を任せていてくれ」

チェルシーが頷いたのを確認してから、流す魔力量を増やしていく。やがてそれは霧のような細かい水滴になって、彼女の手のひらから溢れた。

「わあ……っ!!」

歓声を上げたチェルシーの肩が跳ねる。見えなくても、彼女がどんな表情をしているのかは簡単に想像できた。

「すごい、すごいです！　きらきらしていて……！　それに、わたしが魔法を使えているみたい！」

「俺の魔力を流しているだけだが、君が俺を信頼してくれたからうまくいったんだ」

拒む気があったり、相性が悪いと成功しないこともある。そんな話をしている最中も、チェルシーは忙《せわ》しなく手を動かして花に水をやっていた。あまりにもはしゃいで跳ねるから抑えるように左手を腹の方まで回したけれど、そんなことには気付いてもいないようだ。

「オズワルド様！　見てください、虹《にじ》！　虹ができました！」

太陽に背を向けると、手元に小さな虹ができた。そうだな、と返事をするより早くチェルシーが振り返って、至近距離でぱちっと目が合う。

「わ……っ！」

「おっと」

それに驚いたのか、チェルシーが一瞬で頬を赤らめてバランスを崩した。咄嗟に魔力を流すのをやめて両手で支えると、すっぽり抱き締めるかたちになる。

「す、すみません……はしゃぎすぎました」

「ははっ、楽しかったか？」

「う……。はい、とっても」

「なによりだ」

照れながらもしっかり頷いたチェルシーから、体を離そうとしたときだった。視界の端が暗くなって、地面がぐらっと揺れる。

「っ……！」

「オズワルド様！」

「っ、すまない。魔力切れだ」

先ほどまでとは反対に、チェルシーに支えられるようにして立ち眩みが治まるのを待つ。しばらくしてゆっくり目を開けると、心配そうな顔がすぐ近くにあった。

「大丈夫ですか？」

「ああ」

「戻りましょう」

肩を借りながらテラスのテーブルまで戻る。チェルシーは部屋に入ろうと諭してきたが、風に当たっている方が楽だと言って断った。

すっかり冷えた紅茶を飲むと、幾分楽になる。少し魔法を使うくらい平気だろうと思ったけれど、そうでもなかったようだ。

「この程度で魔力切れとは、情けないなぁ」

はあ、と息を吐きながら呟くと、チェルシーが眉間《みけん》に皺《しわ》を寄せる。

「……そんなこと、ないです」

「うん？」

「情けなくないです!!」

彼女のあまりの勢いに、思わず面食らう。拳をぎゅっと握り締めてもう一度「情けなくないです」と言ったチェルシーは、どうしてだか泣きそうな顔をした。

「オズワルド様は、わたしのために魔法を使ってみせてくださいました。それも、わたしの手を通して……。花にかかった水滴がきらきら光るのも、小さな虹もとっても綺麗で、それが自分の手から生まれたことが嬉しくて。わたし、本当に感動したんです！　たとえ短い時間でも、以前のオズワルド様からすれば些細《ささい》な魔法でも、わたしが嬉しかった気持ちは本物だから……！　だから、情けなくないです！」

チェルシーがこんなふうに声を上げるのは初めてで、驚き固まったまま返事もできなかった。やがてそんな俺の様子に気が付いた彼女が、気まずそうに「え、えぇと」と口にした。

彼女の勢いを表すように上がっていた肩がゆっくりと下がっていく。

「す、すみません。大きな声を出して……はしたないですよね」

「ああ、いや、そうじゃないんだが……驚いた」

チェルシーはもう一度すみませんと頭を下げてから、でも、と言葉を続ける。

「でも、本当に嬉しかったんです。魔法はオズワルド様の一部ですから、それが損なわれていることは、きっとオズワルド様にとっておつらいことでしょうけど……わたしが一番嬉しかったのは、わたしを想って行動してくださったオズワルド様のお気持ちです。だから、優しいオズワルド様に、ご自分を卑下してほしくなくて」

「うん、ありがとう」

「いいえ、わたしの方こそ……！　魔力が戻り始めたばかりだというのに、使ってみせてくださってありがとうございました」

楽しかったですと笑う彼女を見ながら、胸が熱くなるのを感じる。どう考えたって、もう妹みたいな存在なんかじゃない。愛しいと思う気持ちは、間違いなく恋だ。

俺は一人の女の子として、チェルシーのことが好きなのだ。

「いいや、本当に――……俺の方こそ、ありがとう」

俺も、優しい君に自分を卑下してほしくないよ。

そう言おうとしたけれど、口にすると涙まで溢れてしまいそうで、うまく言葉にできなかった。

第三章　魔法使いの秘密

「……瘴気《しょうき》、やっぱり薄くなってますよね」

「そうだな」

チェルシーが俺の顔を覗《のぞ》き込む。「お顔が見えやすくなりました」と笑った彼女がこの家に来て、二か月が経《た》とうとしている。

聖女の力をもってしても祓《はら》えなかった瘴気が、ここ最近薄くなっていた。それに伴い魔力もだんだんと回復してきて、その速度は当初考えていたものより格段に速い。体感では四割近い魔力が戻ってきていて、魔力量だけで言えばすでに一般人より多いくらいだろう。

魔力の回復に伴い、体調も随分安定してきた。ここ最近は毎食チェルシーと食堂で食べているし、倦怠《けんたい》感に悩まされることや昼寝をすることも減っている。読書をして時間を潰《つぶ》すことが増えた分、むしろ肩や首は凝《こ》り固まっているくらいだ。

年単位でかかると思っていた回復がここまで速い理由として考えられるのは、今や部屋中のいたるところにあるチェルシーの刺繍《ししゅう》くらいだった。毎日髪を結っているリボンに加え、ハンカチ、枕《まくら》カバー、寝間着にシーツにクッションカバーと、すさまじい量になっていた。しかし、それらに含まれる魔力は全部合わせたところでスプーンひと匙《さじ》にも満たない微弱なもので、これが直接の理由だと断言もできないでいる。

「せっかくだ。明日は街に出てみようか」

「お出かけですか？」

「うん。これくらいなら誤魔化せるだろう」

自分の顔面を片手で覆って、ゆっくり手を離す。しっかり魔法を使うのは水やりをやってみせたとき以来だし、あれよりは難しい魔法を使ったのでどうだろうと思ったが、チェルシーの歓声で余計な心配だったとわかる。

「瘴気が消えてます！　どうして……⁉」

「魔法で光を屈折させて、消えているように見せてるだけだ。さすがにまだこれ以上高度な幻覚を使う元気はないから、傷跡は残ったままだが」

治癒魔法が使えるほどの回復もしていない。使えたところで瘴気が残っている以上、傷が消えるかは怪しいが。

「キズモノの男と出かけてくれるか？」

顔を近付けてそう問えば、チェルシーは「へぁ」と裏返った声を出し、見たことがないくらい顔を赤くした。自分の顔を見た女性が頬《ほお》を赤らめ唇をはくはくと震わせるのを、幸か不幸か怪我《けが》をする以前にも見たことがある。これは、もしかしなくても。

「……さては君」

「い、言わないでください」

「俺の顔好きだろう」

「言わないでください〜!!」

真《ま》っ赤《か》な顔を両手で隠しながら逃げようとする彼女の腰を捕まえる。

「い、今までは瘴気で見えづらかったので……！」

「そうかそうか。君が好きなら家でもこうしておくかな」

「無駄に魔力を消耗しないでください！」

ぽかぽかと俺の胸を叩《たた》き始めたかわいい婚約者を押さえ込んで、その額に口付ける。ちゅ、と小さな音を立てて離れれば、彼女は相変わらず顔を赤くして——……は、いなかった。少しだけ目を見開いたあと、困っているような、悲しんでいるような、切ない顔をする。

自分の気持ちを自覚して以来、俺は隙《すき》を見て婚約者らしい振る舞いをしていた。まだ結婚前だとマリアに叱《しか》られない程度に、手を握ってみたり抱き締めてみたり。しかし、そうするとチェルシーは今みたいな顔をして黙ってしまう。彼女にとっては親に、あるいは聖女に押し付けられた婚約だっただろうが、俺を嫌っている様子はないというのに。顔を赤くした様子からも、むしろ好かれているくらいだと思っているのは自惚《うぬぼ》れなのか。

もうひとつ、気になっていることがあった。チェルシーは最近ため息が多い。相変わらず俺の部屋で刺繍や読書をして過ごす日々だが、手を止めてぼうっとしていることが増えた。たまにはお菓子を作ったり庭を歩いたりしているものの、やはり家にこもったままというのは気分が塞《ふさ》いでくるのだろう。

そういうわけで、デート兼気分転換として街へ出かけようと提案したのだった。

じっと様子を窺《うかが》っていると、チェルシーが小さく呟《つぶや》いた。

「……お出かけ用のシャツにも、刺繍を入れていたのです」

「うん、それが出来上がるころだと思って」

「はい」

楽しみです、と眉《まゆ》を下げて笑った彼女の顔がもっと晴れるように。明日は存分に楽しませよう。


「チェルシー？」

「は、はい！　どうぞ」

翌日、チェルシーがなかなか出てこないので部屋を訪れた。入るよ、と声をかけてから扉を開けると、彼女は慌てて振り返った。

「すみません、お待たせして……！」

「いや、構わないが……どうかしたか？」

女性の身支度には時間がかかるものだろうと思っていたが、彼女の支度はほとんど済んでいるように見える。

チェルシーは、俺が贈った服の中から明るいピンク色のワンピースを選んで着ていた。髪も緩くまとめていて、一見もう出かけられるように思える。

「ネックレスのチェーンが絡んでしまっていて」

困った顔の彼女の手元を覗き込むと、手のひらの上には絡んだネックレスがあった。

「でも、もうすぐ解《ほど》けそうなので」

「ああ、急ぐわけじゃないから気にしなくていい」

「ありがとうございます」

彼女は丁寧《ていねい》にチェーンを解きながら、「実家から持ってきていたんです」と言った。

「つける機会がなかったから、小箱に入れたままにしていて。きっとここまでの移動の間に絡んでしまっていたんですね」

「ふうん」

手持ち無沙汰《ぶさた》に、チェルシーがチェーンを解くのを見ている。俺も宮廷魔導士の正装としてネックレスをつけることがあったため、同じようにチェーンが絡んだ経験もあった。こういうのは力任せに引っ張ってもだめで、今のチェルシーのように優しく丁寧に解いていくに限るのだ。焦らずゆっくり、少しずつ……と、彼女を見ていてはたと気が付く。

「……あ」

「……？　どうかされましたか？」

「いや、そういうことかと思って。合点《がてん》がいった」

「なんのことでしょう」

きょとんとしたチェルシーは、ちょうどネックレスを解き終えたらしい。「これだよ」と自分の顔面を指させば、彼女は頬を赤らめて——……うん、瘴気を見えなくしているからな。ほら君の好きな顔だよ、って、そうではなくて。

「この顔に残った瘴気だが、力任せに祓おうとしてもだめだった」

「……お姉様の聖魔法でも、できなかったんですよね」

「そうだ。強い魔力を注ぐだけでは、余計に瘴気が傷に絡んでしまっていた。リリーの聖魔法と同じレベルの、強い治癒魔法をかけて瘴気の浄化と傷の回復を同時に行えたならあるいは、と思っていて……それができそうなのが自分だけだったから、ひとまず魔力が回復するまで待つつもりだったんだが」

「回復がやけに遅いように見えた、とお姉様が言っていました」

「ああ。瘴気による回復阻害の力が強かった。素直に魔力の回復を待っていたら、数年、下手《へた》すると数十年かかったかもしれないし……そもそも、魔力が回復して万全の状態で挑んだところでだめかもしれないと、今は思う」

チェルシーはネックレスを持ったまま首を傾《かし》げる。

「どういうことですか？」

「考え方が違ってたんだ。強い力で強引にどうにかしようとしても、余計に絡まるだけ。そのネックレスと同じだな。肝心なのは、ゆっくり優しく、丁寧に――……ああ、あれにも似ている。君が作ってくれたパウンドケーキ」

「パ、パウンドケーキ……？」

ますますわからないという顔をしたチェルシーの手からネックレスを奪う。解けたチェーンの端と端を持って背後に回ると、意図を察した彼女が「ありがとうございます」と言ってほんの少し頭を傾けた。

「卵とバターを一度に混ぜると分離する、と言っていた。きっとあれにも近いんだ。一度に混ぜようとしても反発するから、少しずつ馴染《なじ》ませていただろう」

「そうですが、あの……っ、つまり……？」

留め具をつけて、できたよの合図としてチェルシーの肩をぽんと叩く。振り返った彼女の胸元には、花のかたちのペンダントトップ。

「つまり、俺を治しているのは、やっぱり君の魔法だったってことだ」

一見わからないくらいほんの少しの聖魔法と治癒魔法。正直効果は期待できないだろうと思っていたほどのそれらが、リボンを通して少しずつ瘴気に馴染み始めた。毎日髪を結っていたから、リボンに定着した魔法が長い時間ゆっくりと影響し続けていたのだろう。身の周りに刺繍が増えることで徐々に魔力量も増え、塞がった傷にきつく絡んでいた瘴気が解《ほぐ》れ始めたのではないだろうか。

「俺の魔力が戻り始めたのも、瘴気による回復阻害の力が弱まってきたからだと思う」

俺の考察を聞いていたチェルシーが、だんだんと真剣な顔になる。前のめりになってきたから、思わずその肩に手を置いた。

「では、このままいけばオズワルド様は元に戻れるということですか？　何年もつらい思いをしなくても……いずれ瘴気が祓われて、お顔の傷も治って、もっと元気に動いたりたくさん魔法を使ったりできるようになるのですか？」

「ああ、きっと」

チェルシーの目のふちに、じわじわ涙が滲《にじ》み始める。せっかくのメイクが台無しになるぞと思いながら、肩を引き寄せ抱き締める。

「君のおかげだ。君は本当にすごい、俺のかわいい魔法使いだよ」

結局、泣き出したチェルシーを宥《なだ》めてから出かけることになった。涙でびしょびしょになった顔をマリアが直しても、瞳《ひとみ》はいくらか潤んだままで。繋《つな》いで歩こうと手を差し出せば、ようやく彼女は大きく目を見開いて、瞳に薄く張った水の膜を引っ込めた。

「繋ぎたくないか？」

「いいえ！」

食い気味の返事に噴き出してしまいながら、柔らかな手を握る。俺の手の感触を確かめるようにゆっくりと握り返して、チェルシーは嬉《うれ》しそうにはにかんだ。

そうして街へ向かったけれど、手芸店に寄っただけで、チェルシーはそわそわ帰りたがっているようだった。

「……早く帰って刺繍がしたいと顔に書いてある」

「うっ」

「俺の気分転換も兼ねての外出だったんだがなあ」

「す、すみません……」

「冗談だ、帰ろう」

「いいんですか？」

「うん、少し疲れた。やっぱり体力が落ちているな」

人混みを少し歩いただけだというのに、思ったよりも疲れている。ここ三か月、ほとんど部屋から出ないような生活だったから当然といえば当然だが。

「帰ったら昼寝だな、君も」

「えっ！　いえ、あの、わたしは……」

刺繍がしたい、とやっぱり顔に書いてある。俺のためにと思ってくれる彼女には悪いが、少し迷って口を開いた。

「刺繍なら、そんなに張りきってやる必要はないと思うぞ」

「え？」

「おそらく瘴気はもうかなり緩んでいる。以前には考えられなかったスピードで魔力が戻っているのがその証拠だ」

「ですが……」

「身に着けるものにも、部屋に置けるものにも限りがあるだろう。それに……張りきってくれる君には申し訳ないが、例え部屋中を刺繍まみれにしたとしても、君の魔力量では完治は難しいと思う」

彼女の魔法でできるのは、あくまできつく絡んだ瘴気を緩めるところまで。完治を目指すなら、最終的にはより強い魔法が必要になる。チェルシーが土台を作ってくれたおかげで、今度は強い魔法をかけても反発は起きないだろうから、治癒魔法が使えるレベルまで俺の魔力が戻ったら聖魔法を同時にかけて——……それでようやく元通りになる。

俺の説明を、チェルシーは黙って聞いていた。

「魔力には相性がある。特に治癒魔法は人が増えるほど反発し合って効果が弱まるから、可能な限り一人でかけるべきだ。古い傷跡を治すには技術もいるし、回復を待って俺が自分で行うのが一番手っ取り早い。かつ、同時に瘴気の浄化を試みるわけだから……聖魔法を使うのも、俺と同じ程度の魔力、技術を持つ者が望ましい」

うららかな午後の日差しの中、のんびり歩きながらそう説明すると、チェルシーが繋いだ手にきゅっと力を込めた。

「……お姉様を、呼びますか？」

「……俺は聖魔法の適性だけはないからなあ」

自分で両方同時にできるなら、聖女を呼ぶ必要もないのだが。もともと男には聖魔法が宿りにくいとされている。女性でも、瘴気を完全に浄化できるほどの聖魔法が宿る者は稀《まれ》だ。

「まあ、聖魔法を使える者が他にいないでもないんだ。君のおかげで瘴気はかなり緩んでいるように思えるから、そこまで強い魔法じゃなくても治るかもしれないし。そのうちに考える」

「……はい」

リリーほどは無理でも、多少の聖魔法使いならいるにはいる。時間をかければ彼女らに祓ってもらうこともできなくはないだろう。聖魔法に限って言えば複数人の魔力が混ざってもあまり反発しないので、俺との力のバランスさえ取れれば、人数を集めてなんとかなる可能性もなくはない。

「だいたい、君はこれ以上俺の部屋のどこに刺繍を増やすんだ。絨毯《じゅうたん》まで刺せるようになったら、やり手の針子として服飾店にでも攫《さら》われてしまいそうだ」

「ふふ、さすがに絨毯は無理です。カーテンには挑戦しようかと思っていましたけど」

多少わざとらしく冗談を言えば、チェルシーはようやく笑ってくれた。

「……カーテンの前に、もう一枚シャツに入れてくれ」

「え？」

「これからはもっと出かけよう。せっかくの休暇だからな、満喫しないと」

「はい。……お出かけ、楽しいです。実家にいたときは、ほとんど家から出たことがなかったので」

それならなおさらたくさん出かけようと、繋いだ手を握り直した。

「チェルシー」

「なんでしょう？」

「俺が一番嬉しかったのは、俺を想《おも》って刺繍をしてくれた君の気持ちだ」

たとえひとつも効果がなかったとしても、その優しさを好きになっていただろうと思う。だから、姉と比べて自分を蔑《さげす》むようなことはしてほしくない。

チェルシーはぱちぱちと何度も瞬《まばた》きをして、おそらく涙を堪《こら》えようとしていた。それが悲しい涙じゃなくて、二人で花に水をやったあの日の俺と、同じ気持ちのせいならいいと思う。

◇

最初は手芸店に行って帰るだけだった外出も、次は本屋へ、それからカフェへと。二度三度と繰り返すと、体は次第に慣れていった。大勢の魔力を感知してしまうから人混みはあまり好きではなかったけれど、人の魔力を細かく感知できるほどには回復していない分、むしろ今の方が楽なくらいかもしれない。体力だけなら、動けば動くほど戻っていく。

チェルシーは本当にほとんど出かけたことがなかったらしく、目に映るものすべてに興味津々といった様子だった。本屋の品揃《しなぞろ》えに感動していたから、次は図書館へ行ってみたり、時には平民の女の子みたいに、露店で買い食いをしてみたり。体調によっては、屋敷の周りをぐるりと散歩するだけの日もあった。そんな日でも目をきらきらさせ、頬を上気させて全身から「楽しい」オーラを出しているチェルシーを見るのは俺も楽しい。思い返すと、孤児院時代は小遣いがなかったし、魔法学校時代は勉強漬けだったし、働き始めてからは時間がなかった。こんなふうに羽を伸ばすのは、俺も初めてのようなものかもしれない。

周囲のものに興味津々とはいえ、出かけるようになってしばらくは、チェルシーはしばしば繋いだ手に視線を落としていた。本人は俺に気付かれないよう見ているつもりなのだろうけど、ちらと視線を向けたあと、緩んだ唇をむずむずさせて照れと喜びを誤魔化しているのですぐにわかる。俺はといえば、緩みそうな表情を繕うのに彼女以上に必死だ。

何度目かの外出の際、ふとチェルシーが「オズワルド様はお優しいですよね」と言った。

「なんだ、突然」

「オズワルド様とお出かけしていると、不思議なことがよく起きるなあと」

チェルシーはこちらを見上げてにっこり笑うと、繋いでいない方の手で指折り数える。

「転びそうになった男の子がふわっと浮いたり、飛んでいった帽子が、泣いている女の子の手元に戻ってきたり。ぐずる赤ちゃんの前で花弁がくるくる回ったり、買い物袋が破れたおばあさんの足元で、リンゴがぴたっと止まったり」

「……よく見てるな」

「オズワルド様の魔法だと気が付いたのは最近です」

そうだとしても、まさか気付かれているとは思わなかった。これでは、繋いだ手を見てこっそり頬を緩めているチェルシーを笑えない。

「人助けと言うほどでもない。小さなおせっかいだよ」

「そんなことないです。みんな不思議そうな顔をするだけで、オズワルド様の魔法だとは気付いてませんけど……そのあとは笑ってます」

彼女は俺が思っているよりもずっと、周りをよく見ているらしい。感心する気持ちを気恥ずかしさが少し上回って、意味もなく「あー……」と間延びした声を出す。

「まあ、親切にしておいて損はないからな」

「気付かれなくても、ですか？」

含みのある言い方に首を傾げれば、チェルシーはふふっと笑みを漏らした。

「わたし、思うんです。オズワルド様は猫被《かぶ》りだったから人に親切にしていた、とおっしゃいますけど……もともと優しい人なんだろうなって」

「……そんなことは」

否定の言葉は、チェルシーの柔らかな視線に止められる。

「きっと、人が好きなんだろうなって」

違いますか？　と尋ねられ、返答に困った。そんなつもりはなかったけれど、自分の中でその言葉が、妙に腑《ふ》に落ちたからだ。

いよいよ気恥ずかしさが大きくなってきて、俺は繋いでいた手を緩めた。すぐ指を絡めるように繋ぎ直すと、チェルシーは「えっ⁉」と声を上げる。

「わっ、わ……、オズワルド様！」

「ふ、真っ赤だなあ」

「もう～！」

チェルシーは、誤魔化されたと気が付いても怒ればいいのか照れればいいのかわからないといった様子で、俺の顔と繋いだ手を交互に見る。それを笑いながら、俺はこっそり自分の顔に風を当てて、ああ、魔力が戻ってよかったなと思うのだった。

◇

魔力が戻ったことで、体調を気遣ってくれる仕事仲間からの手紙に明るい返事が出せるようになったのも嬉しかった。

「オズワルド様、嬉しそうですね」

ある日の午後、届いた手紙を読む俺に向かってチェルシーがそう言った。

「これだけ分厚いとな」

「全部が魔導部隊の方々からですか？」

「そうだよ」

チェルシーは、テーブルの上に並んだ手紙の束を見て俺よりも嬉しそうな顔をする。

「数もたくさんありますけど、このお手紙なんて特に分厚いですね」

「ああ、これは……魔獣に襲われたとき、俺に治癒魔法をかけてくれた部下からだな。そうしたことを気に病んでいたから……回復の兆しが見えて安心したようだ」

「治癒魔法をかけたことを、どうして気に病む必要があるんですか？」

チェルシーがきょとんと首を傾げる。

「うーん……なんというか、聖魔法より先に治癒魔法をかけたせいで、瘴気が体内に残ってしまったんじゃないか、ってな」

「傷跡に瘴気が絡んでいるようだ、とおっしゃっていましたね。その状態になったのが、先に治癒魔法をかけたからだと……？」

「ああ。彼は、自分が治癒魔法をかける前だったなら瘴気を祓えたのではないかと後悔していた。とはいえ、聖魔法が先だったとして祓えたとは言いきれないし、治癒魔法が一歩でも遅ければ失明や失血死の可能性もあったから、俺としては感謝してもしきれないんだが」

治癒魔法も万能ではない。切れた腕をその瞬間に繋ぎ合わせることはできても、なくなった腕を新たに生やすことはできないし、時間が経てば経つほど治すのが難しく、効果は薄くなる。下手に間を置けば、どうなっていたかわからない。

「そもそも、普通は魔獣に襲われて怪我をしたからといって瘴気が残ることはない。リリーも土地の浄化をした直後で疲弊しているあの段階で、先に聖魔法を、なんて誰も思いつかなかった。気にしなくていいと何度も言ったけれど、まあ……そう割りきれるものでもなかったんだろうな。特級魔法の発動で俺は魔力切れを起こしていたし、時間を置いても魔力が回復しなかった。それが余計に彼を追い詰めてしまった」

「……オズワルド様の魔力が回復し始めて、きっとすごく安心したんですね」

「うん、そう書いてあったよ」

一際分厚い手紙に目を向ける。震えた字で綴《つづ》られたたくさんの安堵《あんど》の言葉と、より一層の回復を願う言葉。仕事の報告なんて二の次のそれに目を細めた。

「感謝してるよ」

「わたしも、その方にお会いしてみたいです。オズワルド様を連れて帰ってくださった方だから、お礼が言いたい」

「君の魔法で回復していると伝えると、むしろ向こうが飛びついてきそうだな」

おかしそうに笑ったチェルシーの魔法のことは、まだ誰にも伝えていない。隠そうとしてというよりは、彼女の魔法が回復のきっかけだったと、最近まで俺自身が気付いていなかったからだが。

「さて、便箋《びんせん》が足りないだろうから買いに出かける。一緒に行こう」

「はい！」

用意をしてくると私室に戻ったチェルシーを待っていると、マリアがひょっこり顔を出した。

「お出かけですか？」

「ああ、ちょっと便箋を買いに」

「それくらいわたしが買ってまいりますのに」

マリアはそう言ったけれど、ちょうどチェルシーが戻ってきた。もう幾度目かの外出かもわからないのにわくわくを隠しきれない彼女を見るや否や、マリアは「大変！　まだお掃除が残っていました」と大げさに言って、足早に去っていく。

「……？　マリアさん、お忙しいのでしょうか。わたし、残ってなにかお手伝いを……」

「いや、大丈夫だろう。それより土産《みやげ》でも買って帰った方が喜ぶさ」

甘い物でも見て帰ろう、とチェルシーの小さな手を取った。


マリアへの手土産に、瓶詰めのカラフルなキャンディーを買って帰ったその日。夕食を終えて部屋へ戻り手紙を書いていると、チェルシーよりもしっかりとしたノックの音がする。返事をすると、仕事を終えたらしいマリアが部屋に入ってきた。

「今日はこれで下がりますね」

「ああ、お疲れ」

「キャンディーもいただきます。ありがとうございました」

「選んだのはチェルシーだよ」

いくつもの瓶を見比べて、マリアが好きなオレンジ色が一番多く入っているものを探していた。エドガーの分も同じように選んでいたのを思い出して頬が緩んだ俺とは対照的に、マリアが硬い声を出す。

「あの……昼間、わたしも少し買い物に出ていたんですけど。そこで聞いた噂《うわさ》があって」

「噂？」

「以前同じ屋敷に勤めていたメイド仲間から聞いた話で……その子も宮廷勤めのメイドから聞いたそうなので、信憑性《しんぴょう》はどうかと思うんですが」

普段ははきはきと、時にはずけずけと話すマリアにしては珍しく口ごもった様子で、ためらうように何度か口を開閉する。

「なんだ？」

「その……、聖女様が王太子殿下に言い寄っている、そうで」

「……へえ」

魔力をなくした俺を妹に押し付けて、自分はより良い男に乗り換えようということか。まあ、厄災の年に見事活躍した聖女様ともなれば、格上の貴族令嬢やら他国のお姫様やらを差し置いてでも王太子に見初められる可能性は十分ある。

「宮廷内で、二人でいるところをよく見かけるらしいんです。殿下に近しい者ならともかくメイドまで噂していているくらいですから、よほどなのかと」

「ふうん」

俺の気のない返事に、マリアが首を傾げる。

「ご興味ありません？」

「ないな。未練もないし。チェルシーの耳に入って、彼女が余計な気を揉《も》まなければいいなと思うくらいだ……というか、君もそうだろう」

視線を向けると、マリアはぱちりと目を瞬かせて、すぐに笑った。

「バレてましたか」

「そりゃあな」

婚約していたとはいえ、俺がリリーに懸想していたわけではないということはマリアも知っている。今となっては身代わりとしてやってきたチェルシーがかわいくて仕方がないということも。その上で、らしくもなく言いづらそうにこんな話をしてきたということは、彼女が心配なのは俺ではなくてチェルシーだ。

「だってチェルシー様、とってもいい子でかわいらしいんですもの」

「誰に雇われてるんだ、君は」

「あら、オズワルド様だって、自分よりもチェルシー様に味方する人が増える方が嬉しいでしょう？」

あなた、好きになった相手には甘いから、なんて言葉は聞こえないふりをする。自分の性格が知られすぎているというのも据わりが悪い。

「知らせてくれたことには感謝する。チェルシーの耳には入らないように気を付けるよ」

「そうしてください。……ずっと、というわけにはいかないでしょうけど」

目を伏せたマリアの言葉に内心頷《うなず》く。たしかに、体が動くようになってから――……特に、瘴気を隠して外出できるほどになって以降、考えてはいた。このままの生活は続きはしないだろうということだ。

俺は、当初の予想の何十倍ものスピードで回復している。今では平均的な貴族以上の魔力があるだろう。きちんと食事を取り外出をすることで体力も戻り始めたし、仕事に復帰できる日もそう遠くはないはずだ。

しかし、そうなったら……？　完治を目指すなら、一度はリリーに会う必要がある。それだけなら俺一人が出向けば済む話だが、無事に完治すれば、今度は俺の体調を鑑《かんが》みてということで先延ばしになっている結婚式を挙げることになる。チェルシーがよほど嫌だとでも言わない限り。

魔導部隊の隊長ともなると式は盛大に挙げるのが慣例だし、たとえそれに逆らって質素なもので済まそうと思っても、親族を――……聖女を呼ばないというわけにはいかない。リリーの名前を出すだけで青ざめるチェルシーを彼女に会わせたくはないけれど、世間体が悪いことは向こうが嫌がるだろうし、チェルシー自身の評判にも関わる。

結婚式を乗りきったとして、実家と縁が切れるわけでもない。むしろ魔導部隊隊長の妻として式典や社交の場に引っ張り出されることになるし、そこではきっとまたリリーの姿を見る羽目になる。万が一リリーが王太子妃にでもなったなら、王家主催のお茶会やらパーティーやら、出席を断ることが難しい場に呼ばれることもあるだろう。

「……どうしてやるのがいいんだろうなあ」

零《こぼ》れた言葉に、マリアは返事をしなかった。

チェルシーのことを、出来損ないだの役立たずだのとは思っていない。少し子供っぽくて世間知らずなところはあるけれど、刺繍やお菓子作りが得意で、愛嬌《あいきょう》も、本で得たたくさんの知識もある。素直な性格で多くの人と付き合っていくこともできるだろうし、なにより彼女自身が外の世界をもっと見たいだろうと思う。俺も、あの大きな目が知らない景色や初めての経験を前にきらきら輝くのを見ていたい。……でも、それに苦痛が伴うとしたら？　心のかさぶたを剥《は》がすようなことになってしまったら？

考え込む俺の横で、ようやくマリアが口を開いた。

「チェルシー様、お風呂のお手伝いをさせてくれないんですよね」

「は？」

いきなりなんの話だと訝《いぶか》しむ俺に構わず、マリアは続ける。

「お着替えもそうです。基本的に自分で着てらっしゃって……背中のファスナーだとかリボンだとか、どうしても自分では手が届かないときだけ、申し訳なさそうにわたしを頼るんです」

「それが？」

「……お体に、見られたくないものでもあるのかと」

「……嫌な想像だな」

火魔法を定着させた魔石で沸かす風呂は、魔力がない者でも簡単に使える。平民にも普及しているくらいだからカーヴェル伯爵家になかったはずがないし、チェルシーが一人で使えても不思議ではない。ただ、貴族令嬢がそうするかと言われると怪しい。ましてや着替えなんて、お嬢様なら立ってるだけでいいくらいだ。

マリアが言うように見られたくないものがあるとして、それは一体なんなのか。

「……さすがに、暴力を振るうような人間には見えなかったんだが」

少なくとも俺の目に映るリリーは、聖女らしい聖女だった。貴賤《きせん》を問わず人に親切で、女性には決して快適とは言えないであろう浄化の旅路も嫌な顔をせず、淡々と役目をこなしていた。

妹を悪く言うという噂は魔導部隊の中でも流れていたけれど、聞いてもいないのに進んで話すようなことはなかった。そもそも無駄話を好むタイプでもなさそうで、任務に関わること以外で盛り上がった会話の記憶もない。

「ご両親とか……。オズワルド様は、お話ししたことがあるのでしょう？」

「まあ、数回だが」

「どのような方々でした？」

「どのような、といっても……人の良さそうな伯爵と、おっとりした伯爵夫人だった」

婚約の話が出た際、俺は一人で伯爵家へ赴いた。普通なら揃って食事くらいはするのだろうが、俺の方には紹介する両親もいないし、なによりまだ厄災の年の最中ということもあり、お茶だけで済ませることにしたのだ。

少しふっくらしているカーヴェル伯爵、垂れた目尻《めじり》に小さな笑い皺《じわ》のある伯爵夫人。チェルシーだけは小さな声で挨拶《あいさつ》をしたあとすぐ部屋に引っ込んでしまって、それを見たリリーが「ああいう子なんです」と抑揚のない声で言ったことを覚えている。

伯爵夫妻はリリーのことを自慢の娘だと話し、俺との婚約を喜んだ。最初に非礼を詫《わ》びたきりチェルシーの話題は出なかったが、そのときはさして疑問にも思わなかった。俺は結婚したところで猫を被ったまま一線引いて過ごすつもりだったから、今思うと興味もなかったのかもしれない。とはいえ、特段悪い印象もなかったわけで。

「あの夫婦までチェルシーに何かしていたというなら、さすがに人間不信になりそうだなあ」

「いくら外面がよくっても、本当のところはわかりません」

渋い顔をするマリアの前の雇い主も、巷《ちまた》では人がいいと評判の商人だった。次々と斬新な商品を売り出し、下手な貴族よりも資産を築いていたが、謙虚なのはあくまで客の前でだけ。自分の屋敷の中では横柄な態度で使用人を下に見てこき使っていたらしい。待遇を期待して飛びついた自分がばかだったと、マリアはよく手紙に書いていた。

「俺も人のことは言えないが」

「オズワルド様の猫被りなんてかわいいものですよ。猫を脱いだって害はありませんし」

「褒めてるのか？」

「ええ、もちろん」

マリアがくすっと笑って、少しばかり空気が軽くなる。

「まあ、あれこれ想像したところで真実はわからないしな。折を見てチェルシーと話してみる」

「お願いします」

外出をするようになって、チェルシーのため息は減った。毎日楽しく過ごしているようだし、今まで可哀想《かわいそう》に思えて聞かないでいた過去の話を、そろそろ聞いても大丈夫かもしれない。未来の話をする前に、まずはそれからだと思う。

「ところで、キッチンにある給湯器の魔石がそろそろ切れてしまいそうで」

「ん？　ああ……随分回復したから、もう補充できる。明日にでもやっておくよ」

「ありがとうございます」

風呂と同じく、キッチンにも火魔法を定着させた魔石で湯を沸かす給湯器がある。しばらく使っていると定着した魔力が減り効果がなくなるので、時々補充する必要があった。

給湯器に組み込まれている魔石は小さいから、蓄積できる魔力量も少なく、頻繁に補充しなければならない。この家にはそういう、少し面倒くさいけれどあると便利な魔導道具がいくつか置いてある。

補充の手間より日頃の便利さを優先してそれらを使っていたのは、魔法道具屋に行かなくても自分で魔力の補充ができるからだったのだが。俺が魔法を使えない間は、魔石の魔力がなくなるたびにマリアかエドガーが道具屋まで持っていってくれていた。

「この前かまどの魔石が切れたときは、街まで行ってくれたんだろう？　悪かったな」

「構いませんよ。買い出しのついででしたから」

マリアもエドガーも人並みに魔力はあるが、物に定着させるとなると技術が要《い》る。火魔法の定着は治癒魔法や聖魔法に比べるといくらか簡単とはいえ、それでも職人や魔導士の仕事だ。

マリアが部屋を出ていって、俺は手紙を書く作業に戻る。ふと手が止まったときにチェルシーのことを考えて、小さくため息が漏れた。彼女がこの先笑って過ごせるよう、俺には何ができるだろう。

◇

翌日、チェルシーと朝食を摂《と》ったあとキッチンへ向かった。魔石に魔力を補充すると言うと彼女は興味津々で、まるで雛鳥《ひなどり》のように俺の後ろをついてくる。

「座って待っていたら魔石を持っていくのに」

「取り外すところから全部見たいんです」

笑ってしまう俺とは対照的に、チェルシーは真剣な顔をしている。

かわいいなと横目に見ながらキッチンへ辿《たど》り着くと無人だった。料理人は買い出しにでも行っているのだろう。食事の支度の邪魔をしては悪いから、ちょうどよかった。

給湯器の蓋《ふた》を開け、内蔵されている小さな魔石を取り外す。

「随分小さいんですね……かまどやお風呂場のものと全然違う」

取り出した魔石は手のひらの真ん中にころんと収まる。道端の小石くらいの大きさだ。対してかまどや風呂場にあるのは、どんなに小さくても握り拳《こぶし》ほど。

「かまどや風呂場は、火を使う量が桁《けた》違いだからな。小さすぎると毎日のように補充しなくちゃいけなくなる」

「たしかに、そうですよね」

だから小さな魔石を使う魔法道具はあまり普及しない。チェルシーが物珍しそうに見ている様子からすると、カーヴェル伯爵家にもなかったのかもしれない。リリーがいれば魔力の補充はできるだろうに。

余計なことを考えそうになっていると、チェルシーが「オズワルド様？」と声をかけてくる。

「ああ、悪い。それじゃあやって見せるが……先に、石をよく見ておいてくれ」

「……？　はい、わかりました」

チェルシーが俺の手のひらの上に乗った魔石をじっと見たのを確認してから、そっと魔石を握り込む。ゆっくりと魔力を流し込んでいると手のひらがじんわり温かくなってきた。

手を握っているだけにしか見えないだろうに、チェルシーはずっと真剣な表情だ。三十秒ほどで手を開き「できたよ」と声をかければ、彼女は「もう終わったのですか⁉」と目を見張った。

「まあ、小さいしな」

「で、でも……マリアさんが以前、魔力の補充には時間がかかるって……この前かまどの魔石が切れたときは、お店で補充してもらうのに半日かかったと言っていました」

「あれはこれより大きいから、というのもあるが……。そうだな、魔力の定着と補充について、詳しく説明しようか」

「お願いします！」

前のめりになるチェルシーを微笑《ほほえ》ましく思いながら、「その前に」と彼女の目の前に魔石を差し出す。

「さっきと少し色が違うだろう」

「わ……！　本当ですね、さっきは真っ黒だったのに……今はほんの少し赤く見えます」

「容量の限界までしっかり満たすとこうなるんだ」

赤黒く光る魔石に負けないほど、チェルシーの目は輝いている。わあ、と言ったきり開いたままの口はかわいらしいので、指摘せずに魔石を給湯器に戻した。蓋を閉めてスイッチを押し、問題なくお湯が出ることとを確認する。大丈夫だな。

「ついでになにか飲むか」

「あ、では用意しましょうか。朝ごはんを食べてすぐですけど……昨日作ったクッキーもまだ残っています」

紅茶に適するほど高温のお湯は給湯器から出ないので、さすがに沸かした方がいい。自分一人のときは横着をして魔法ですべて用意するけれど、チェルシーも飲むと思えばいささか気が引けたのでポットを探した。俺がポットに水を入れている後ろで、チェルシーは戸棚から茶葉とティーカップを取り出している。

「あっ!!　もう、お二人とも！　お茶ならわたしが淹《い》れますから！」

途中マリアに見つかって、二人してキッチンから追い出された。キッチンを出る直前に「まったく……二人ともわたしがいるのに、なんでもすぐ自分でやっちゃうんですから」とぶつぶつ言っているのが聞こえ、なんとなくチェルシーと目を合わせる。

「ふふ。お仕事を奪っちゃだめですね」

「そうだな。大人《おとな》しく待っていよう」

お互い小さく噴き出して、テラスへ向かった。


「それで、魔法の定着についてだが」

「はい」

テラスへ向かう前に、それぞれが一度自分の部屋に戻った。説明するのに使おうかと思っていくつかの魔石を取ってきた俺と、ノートとペンを取ってきたチェルシー。小さな授業の始まりだ。

「基本的にはどんな物質にも定着できるとされているが、相性はある。定着しやすいもの、しづらいもの……定着した魔力を留《とど》めておきやすいもの、逃がしやすいもの。定着した魔法をどう使いたいかによって、なにに定着させるか変えるんだ」

「わたし、魔石くらいしか見たことがありませんでした。あとは、肩こりがつらいときにお母様がつけているネックレスとか……」

「まあ、実際よく使われているのはそれくらいだろうから、知らない人は多い」

特に平民は、魔石しか知らないという者がほとんどだろう。火の魔石を使った風呂やかまどの他、土の魔石を使った農具などは普及しているけれど、治癒魔法が定着したネックレスなんて高価なものは、一部の貴族くらいしか持っていない。

「実際、魔石に定着させるのが一番効率が良いんだ」

この国で採掘される魔石は、魔法を定着させやすい上に、魔力を留めておきやすい。

「特に、四大魔法と言われる火、水、風、土の魔法は、使用頻度が高い上に、下手に魔力が溢《あふ》れると危険でもある。魔力を留めておきやすい魔石に定着させることで、生活の中でも安全に使えているわけだ」

「なるほど……」

「これを持ってみてくれ」

チェルシーの両手に、それぞれひとつずつ魔石を乗せる。

「片方には火魔法、もう片方には水魔法を定着させ、どちらも限界まで魔力で満たしている。でも、持っただけではどちらがどちらかわからないだろう？」

「はい。冷たくもないし、熱くもないです」

「持っただけでわかるのは魔導士くらいだよ。次は光に透かしてみてくれ」

チェルシーは、右手に持っている魔石を太陽の方に向けた。

「わ……っ！　給湯器の魔石と同じ色。こっちが火の魔石ですね！」

「正解。もうひとつも見てごらん」

「こっちは青く見えます！」

左手に持っている魔石を陽《ひ》の光に透かして、チェルシーは歓声を上げる。角度を変えて夢中で見ている様子がかわいらしい。

「そっちが水だよ。こうやって、しっかり魔力で満たしていれば目視で判別もできる。ちなみに風が緑、土が黄色だな」

もう二つ魔石を手渡すと、喜んでそれらを見比べたチェルシーが「緑色が一番好きです」と言うので、風魔法が得意な俺はなんとなく嬉しくなる。

「とはいえ、魔石にこうした色が浮かぶのは魔力で満たされているときだけだ。最初に定着させたときに容量限界まで魔力を満たしていても、使っていけばその分減っていくし、色も失われていく」

目視ではわかりにくい上に、逐一道具から魔石を取り外して確認するのも面倒だから、大抵の人は道具の動きが悪くなって初めて取り外し、魔法道具屋で確認してもらう。魔力が切れかかっていたらそこで補充してもらうのだ。

平民より魔力が高い貴族ならコツさえ掴《つか》めば自分で補充できるだろうが、貴族には大抵お抱えの魔導士がいるので、自ら雑用をこなすことはない。

「繰り返し魔力を補充していると、魔力が入りにくくなったり、逆に出やすくなったりしてしまうものもある。だが、魔石はほとんど変わらない。ひびが入ったとか割れてしまったとか物理的な損傷がない限り、半永久的に使える。そういった点でも便利なんだ」

「だからこれほど普及したんですね」

魔石をテーブルに置いてメモを取っていたチェルシーが、ふむふむと頷いた。それからやんわり首を傾げる。

「でも、お母様のネックレスは魔石ではなかったと思うのですが……」

「だろうな。パールか？」

「そうです！　どうしてわかったのですか？」

「パールは治癒魔法と相性がいいんだよ。治癒魔法は定着させるのが難しいけれど、パールだと比較的やりやすい。その上、定着した魔力を程よく逃がすから、肩こりや腰痛などの慢性痛に効果的なんだ」

チェルシーがメモを取るのを待って、説明を続ける。

「問題は、やりやすいといっても定着できる人間が少ないこと。あとは魔力の補充ができない使い切りだということだな」

「どうして補充ができないのですか？」

「正確に言えばできる。ただ、最初に定着させた人間に限る」

「あ……。前におっしゃってた、『人が増えると効果が薄まる』ってことですか？」

「そうだ」

よく覚えていたなと言うと、チェルシーは照れた様子ではにかんだ。

「別人の魔力が入ると効果が薄まる。それに、パールの魔力を逃がす性質と相まって、たとえ最初に定着させた本人であっても二回目以降は途端に入れづらくなるんだ」

「高価なのはそのせいなんですね……」

「ああ。まあ、火や水に比べて長く使えるから、一度手にすれば親子三世代くらいは持つんじゃないか。どんなに魔力で満ちたものでも、あくまで軽めの鎮痛剤くらいの効果しか出ないが」

チェルシーがまたせっせとメモしているのを見て、ふと思う。

「そういえば聖魔法も、定着さえすれば長く効果が続くと言われているなあ」

「そうなのですか？」

「ああ。特級魔法と同じく、古い文献でしか見たことがない説だが。君のリボンの効果がまだ切れていないことを考えると、本当なのかもしれないな」

チェルシーのリボンには、ごく僅《わず》かの魔力しかこもっていない。それでもいまだに効果は続いている。

「補充もしやすいらしいが、いかんせん検証が難しい。そもそも聖魔法が定着したものなんて、まずお目にかかれないからな」

「そんなに珍しいんですね」

「そうだよ。本当にすごい技術だから、誇っていい」

「あ、ありがとうございます」

チェルシーは顔を赤らめて恐縮しているけれど、実際非常に珍しいから、その手の研究をしている者に俺の部屋を見せたら大興奮どころではないだろう。どうか研究させてくれと頼み込んでくるであろう同僚を数人思い浮かべる。

書き込んだノートを見ながら、チェルシーはいくつか質問をしてきた。俺はそれに答えて、彼女はノートをまとめ直して。しばらくそうしていると、エドガーが声をかけてきた。

「オズワルド様、お話し中失礼いたします。お手紙が届いております」

「うん？　ああ、ありがとう」

「後にしようかと思いましたが、孤児院からのお手紙がございましたので」

受け取ると、たしかに俺がいた孤児院からの手紙があった。エドガーを下がらせて、チェルシーに断りを入れてから手紙を開封する。

文面に目を通せば、特に急ぎの用事があるわけではなく、俺の体調を心配する内容だった。俺が寝たきりになってすぐのころにも手紙が届いていて、そういえば快方に向かっているという連絡をしていなかったなと思う。

「んん……、顔を見せに行くか」

「孤児院にですか？」

「ああ。最近行けてなかったし」

封筒に便箋を戻していると、チェルシーがじっとこちらを見ていることに気が付いた。なんとなく考えていることが読み取れて、少し迷ってから口を開く。

「……一緒に行くか？　あまり面白い場所でもないだろうが」

「行きたいです！」

大きく頷いたチェルシーは、やっぱり少し変わっている。貴族のお嬢様が進んで行きたがる場所ではないだろうに。

「本当に、特別面白いものはないぞ」

「でも、オズワルド様とマリアさんが育った場所です」

目に見えて楽しみだとわかる表情でそう言われると、やめておいた方がとも言えない。結局その場で返事を出して、三日後には孤児院を訪れることになった。

◇

「来てくれてありがとう、オズワルド」

「突然申し訳ありません、シスター。ご無沙汰してます」

「いいのよ。かわいい子供の顔はいつでも見たいわ」

訪れた孤児院で出迎えてくれたのは、老齢のシスターだった。手紙の差出人も彼女である。

この孤児院が併設されている修道院に長く勤めているシスターは、俺がいたころと変わらない柔らかな表情で微笑んだ。孤児たちにとって母親同然の彼女は、実は怒るととても怖い。

「大怪我をしたと聞いたときには驚きましたよ。もう大丈夫なの？」

痛そうだわ、と皺の寄った指先が俺の頬を撫《な》でる。瘴気は見えなくしているが、傷跡はそのままだから仕方がない。

「はい。万全ではありませんが、随分回復しました」

「そう。無理をしてはいけませんよ」

シスターは安堵した様子で息を吐き、俺の隣に目をやった。

「そちらのお嬢さんは？」

「婚約者です」

声をかけると、がちがちに緊張した様子のチェルシーが一歩前へ進み出た。

「チェルシー・カーヴェルと申します」

「ようこそお越しくださいました。なにもないところですが、ゆっくりしていってくださいね」

「あっ、ありがとうございます」

シスターは目を細めて、改めて俺に向き直った。

「かわいらしい方ね」

「ええ、とても」

隣でチェルシーが照れている気配を感じながら雑談していると、ふいに下の方から声がかかる。

「こんにちはぁ」

幼い声はチェルシーの近くから聞こえた。視線を下げると、孤児院の子供が二人、傍《そば》に寄ってきていて、そのうちの一人がチェルシーのスカートを引っ張っている。

強い力じゃないし、この国は比較的支援が行き届いているから、孤児とはいえ見るからに小汚い格好をしているわけではない。それでも子供というものは、泥だの虫だの、なにを触っているかわからない。貴族のお嬢様であるチェルシーはさすがに嫌がるかもしれないと思ったし、俺と同じことを思ったのであろうシスターが子供に声をかけようとしたときだった。

チェルシーがためらいなく膝《ひざ》をつく。

「こんにちは。チェルシーといいます。よかったら、今日は一緒に遊んでもらえますか？」

俺とシスターが面食らっているうちに、子供たちの顔はぱあっと明るくなった。それぞれが名乗ったあとに、こっちこっちとチェルシーの手を引く。

「外にいいところがあるの！」

「つれていってあげる！」

子供たちに引っ張られ慌てて立ち上がったチェルシーが、窺《うかが》うようにこちらを見る。

「あ、あの、行ってきても」

「いいよ」

「ありがとうございます！」

子供に負けないほど嬉しそうな顔をしたから、本当に嫌ではないのだろう。子供たちに両手を引かれ駆け出したチェルシーは、あっという間に見えなくなった。

「素敵なお嬢さんね」

「はい。彼女が俺のもとへ来てくれてよかったと思っています」

「そう」

シスターは目尻の皺を深くして、お茶を淹れるわと踵《きびす》を返した。手伝いますと後に続きながら、誇らしい気分になった。

シスターと近状を話し合ったり、ついでだからと施設内の魔石を点検したりしていると、あっという間に二時間ほどが経っていた。チェルシーの顔は一度も見ていない。

さすがに放っておきすぎたかと思って孤児院の外に出れば、彼女は庭の奥の方で子供たちに囲まれていた。雲ひとつない青い空に、きゃあきゃあと笑い声が響いている。

「チェルシー」

「オズワルド様！」

近付くと、チェルシーが子供たちに負けず劣らず泥だらけだと気が付いた。その姿だけでどれほどはしゃぎまわっていたのか想像に容易《たやす》かったけれど、彼女は意気揚々と教えてくれる。

「すごいんですよ！　あの、この子たちの秘密基地があって！」

「お姉ちゃん、それ内緒だよぉ」

「あっ！　そうでした！」

しー、と人差し指を立てた子供に謝って、顔を近付けなにやら内緒話をしている。すっかり仲良くなっているらしい。

「秘密基地がなんだって？」

まあ、おそらく庭の隅にある小さなテントのことだろう。テントとはいっても木の枝や古着で作られているんだろうということが遠目にもわかる。

「え、えっと……オズワルド様は合言葉を知らないのでだめです」

「ふうん、意地悪だな」

「宝物を差し出すと教えてもらえるんですよ」

ふふんと得意げな顔をするチェルシーは頬にまで泥がついていて、到底十七歳の貴族令嬢には見えない。けれどその天真爛漫《らんまん》なところが愛《いと》おしくて、こうして青空の下楽しそうに笑っていることが喜ばしくてたまらない。

「君はなにを差し出したんだ？」

「お姉ちゃんはねえ、ハンカチ！」

チェルシーの代わりに答えた少女が、少し歪《いびつ》な平たい缶の蓋を開ける。中を見ると、大きなどんぐりやまんまるの石、どこの国のものかもわからない硬貨などに交じって、真っ白なハンカチが入っていた。

「困ったな、持ち合わせがない」

「じゃあだめ〜！」

「だめ〜！」

復唱する子供たちと同じように、チェルシーが笑いながら「だめです」と言う。

「物はないから、これで勘弁してくれないか」

首を傾げる子供たちに背を向けて、ところどころ薄くなって土が見えている芝生《しばふ》に手をかざす。実際は手をかざさなくてもできることだけれど、こういうのはパフォーマンスも大事だろう。

「行くぞ」

もったいぶって指を鳴らす。ぱちん、と音がしたのと同時に、真《ま》っ青《さお》な空からきらきらきら水滴が降り始めた。

わあっと歓声が上がり、子供たちは雨の中に駆け出した。雨とはいってもほぼ霧のようなもので、ほとんど濡《ぬ》れる心配もない。陽の光を浴びてきらきら輝き、地上に近付くころには消えてなくなっている。

庭のいたるところからはしゃぐ声がする。「きれい！」とか、「晴れてるのになんで？」とか、思い思いに口にしながら光る水滴に触れようと空に手を伸ばす。

上出来だろうと思っていると、いつの間にか隣に立っていたチェルシーが小さく「綺麗《きれい》ですね」と呟いた。

「お庭の水やりもこんな感じなのですか？」

「そうだな。さすがにもう少し水滴を大きくするが」

子供たちが濡れないように今は加減しているけれど、水やりの場合は地面に届かなければ意味がない。

「君が見たいと思ったら、もういつでも見せられるよ」

「またご気分が悪くなったりしませんか？」

「もう大丈夫だろう」

コツはいるけれど、もともと使う魔力自体は多くない魔法だ。順調に回復している今なら、これくらいで倒れたりはしない。

チェルシーと並んでしばらく様子を眺めていると、やがて子供たちはわらわらとこちらに戻ってきた。

「宝物じゃないが、どうだった？」

「すごかった！」

「ひみつきち、来てもいいよ」

あのねえ、あいことばはねえ、と舌足らずに話す少女の口元に耳を寄せていると、シスターが庭に出てきた。

「あなたたち、そろそろお勉強の時間ですよ」

「ええ～っ！」

一度は不満の声を上げたものの、子供たちはすぐに室内へ戻っていった。シスターが怒ると怖いことを、この子たちも知っているのだろう。

戻る前に何度も手を振って「また来てね」と叫ぶので、俺とチェルシーも手を振り返す。

「ごめんなさいね、すっかり遊んでもらって」

子供たちとは反対にこちらへ近付いてきたシスターは、チェルシーの顔を見て「あら」と声を上げる。

「あらあら。ふふ」

初めに俺にしたのと同じように、優しい手がチェルシーの頬を撫でる。指先に移った土を見てようやく泥だらけの状態を自覚したらしいチェルシーは大慌てだ。

また来てちょうだいと柔らかく笑ったシスターに、必ずと約束をして帰路についた。

「すみません……あの、わたし……」

馬車に乗るとき、さすがにチェルシーは大反省といった様子で俯《うつむ》いた。

「ま、帰ったら二人でマリアに怒られよう」

「はい……」

馬車の中でもすっかり落ち込んでいたので、気を紛れさせようと声をかける。

「今日はどうだった？」

「……！　楽しかったです、とても！」

俺の言葉に、チェルシーはぱっと顔を上げる。

「あ、あの、オズワルド様にいただいた服を泥だらけにしたことは、すごく反省しているんですけど……！」

「ふふ、うん」

「でも、本当に楽しかったです。また連れていってください」

今度はオズワルド様も秘密基地に入りましょうねと言われて、はたしてあのサイズに自分が収まるのだろうかと考える。

「俺一人でいっぱいになりそうだなあ」

「中は案外広いんですよ！　オズワルド様がいたころにはなかったのですか？」

笑顔が戻ったチェルシーが小さく首を傾げた。

「どうだろう。あったかもしれないが……呼ばれることはなかったから、知らないな」

「……え？」

あったような気もするとぼんやり思い返していたが、チェルシーの戸惑った声にはっとする。しまった、余計なことを言った。とはいえ今更誤魔化すこともできない。

「前に少し、話した気もするが……俺はあそこで浮いてたんだよ。あのころから秘密基地があったとして、中には入れてもらえない」

「……っ！　わ、わたし……今日、ひどいことを言いました」

ごめんなさいと言ったチェルシーの目尻に涙が浮かび始めて、ああ、泣かせたかったわけではないのにと思う。おそらく彼女が気にしているのは『オズワルド様はだめです』の言葉だろうが、俺はそれに傷付いたりしていない。

「泣かないでくれ。当時から気にしたこともないし、今日のだって、内緒だの合言葉がいるだのと言い出したのは子供だろう。傷付いてもいないし、怒ってもいない。君に泣かれる方が耐えられない」

「で、ですが……悲しくはなかったですか？　つらかったことを、思い出してしまいませんでしたか？」

チェルシーの目からぽろぽろ零れる涙を指先で拭《ぬぐ》う。こういう優しいところも愛おしい。

「本当に気にしていない。当時も……どこかで仕方がないと思っていた」

普通の人間は、他人がどこでなにをしているかなんてわからないのだと気が付いたとき、子供心に避けられることも気味悪がられることも仕方がないと納得したのを覚えている。寂しいと思った日くらいはあったかもしれないが、それも記憶のはるか彼方《かなた》だ。

「……腹が立ったり、仕返しをしたいと思ったことはありませんか？」

「うーん……ない、かな。マリアはよく、俺の代わりに怒っていたが」

「マリアさんが？」

想像つきません、とチェルシーが瞬きをする。水滴の残った睫《まつげ》毛がぱちぱちと上下した。

「ああ。怒ると怖いんだ。どうしてそんなことするんだって、箒《ほうき》を振り回して追いかけていた」

「ほ、箒を……？」

「うん。俺は怒ってないからって止めようとすると『あんたはもっと怒りなさい！』って怒られて」

「ええ……？　ふふっ、マリアさん、すごい」

「こんなに泥だらけになって、今日は君が追いかけ回されるかもしれないなあ」

「はっ！　そ、そうでした」

くすくす笑ったかと思うと、すぐ焦った顔になる。ころころ変わる表情からは、悲しい色が消えていた。

「よし。泣きやんだな」

「えっ」

するりと頬をひと撫ですれば、チェルシーは目尻を赤くする。

「あ、あの……今日は本当に、すみませんでした。わたし、ずっと子供みたいに……」

「いいよ」

泥だらけになってはしゃいだり、泣いたり笑ったり焦ったり。たしかに子供のようだったけれど、不快に思うことはひとつもなかった。むしろ好ましいと思うことばかりで。

「……仕事に復帰しても、猫を被るのはもうやめようかな」

「え？」

ぽつりと呟いた言葉は、二人きりの馬車の中では案外大きく響いた。

「いや、もともと考えてはいたんだが……君を見てると余計にというか、いい意味でそう思うようになって」

八方美人でいる方が、生きやすいと思っていた。たしかに、これまでの人生はそれでうまくいっていたけれど。

「うわべだけの関係の方が楽だと思っていた。実際楽な部分もあったが、そんなものは結局なんにも残らない。寝たきりになってすぐは、少し自棄《やけ》になっていたし……どちらかというとそういうネガティブな考えで、もう猫被りはやめてやると思っていた。だが……」

チェルシーと過ごす日々の中で、気付いたことがある。

俺が猫を被り始める前から、俺のために怒ってくれていた姉のような人。なんの力もなくなった俺でも変わらず慕ってくれて、忙しい中でも心配してくれている同僚。成長した俺がどこかよそよそしい態度を取るようになっても、いつだって温かく出迎えて、ためらいなく傷跡を撫でる母のような人。なにより、素のままの俺の傍にいて、毎日隣で笑ってくれる人。

「俺にはたぶん、自分で思っていたよりたくさんのものがある。心から大事にしたいものがあって、俺を大事に思ってくれる人たちがいる。それはきっと、この先どう過ごしても変わらないんだと思う。

だったら――……君のように素直に生きる方が、人生は豊かだろうと思ったんだよ」

最初は少しの憐《あわ》れみから、自由に生きてほしいと願った女の子。蓋を開けてみれば、彼女との毎日は想像の何倍も鮮やかで、不貞腐《ふてくさ》れていた俺の人生を彩ってくれた。気付いていなかった大切なものに気付かせてくれた。そんな彼女の隣で、彼女が笑いかけてくれる自分で生きたいと思うようになった。

「だからなんというか、前向きな意味で猫被りをやめようかと思って。君のおかげだ」

「そ、そうですか」

とはいえあんまり素直に喋《しゃべ》るのも気恥ずかしく、平静を装ってしまう俺とは正反対に、チェルシーはあらゆる感情が全部顔に出ているみたいだった。嬉しそうで、恥ずかしそうで、少し困っているようで。

小さな唇がもにょもにょ動いて、やがて落ち着いた。そしてしばらくすると、彼女の表情には影が落ちる。

「……オズワルド様」

「うん？」

「オズワルド様は、わたしのことを素直だとおっしゃってくださいましたけど……わたし、実はオズワルド様に言っていないことが、あります」

硬い声色は、やっぱり正直に彼女の気持ちを表しているようだった。スカートをぎゅっと握る手が痛々しい。

「いつか、ちゃんと……ちゃんとお話しするので、もう少し待っていただけますか」

「……ああ」

ありがとうございます、とチェルシーは悲しそうな顔で笑う。

そこから馬車の中は無言になって、気が付くと彼女は眠ってしまっていた。遊びまわっていたし、泣いたり笑ったりして疲れたのだろう。

彼女の心も体も、なにからだって守りたい。そう思いながら、家に着くまでずっと穏やかな寝顔を見ていた。


家に着いたのは、すっかり日も暮れたころだった。眠ったままのチェルシーを横抱きにして馬車を降り、風魔法で門扉を開く。

物音で気が付いたのであろうマリアが、屋敷の扉を開けた。

「おかえりなさい」

「ただいま」

屋敷に踏み入りながら小声で返せば、マリアはチェルシーの寝顔を覗き込んで小さく笑った。

「まあ。ふふ、きっと子供たちとたくさん遊んでくださったんですね。こんなに泥だらけになって」

「叱らないでやってくれ」

「もちろんです」

よく眠っているから起こすのも可哀想に思えて、そのまま部屋に運ぶことにする。歩き出した俺の後ろをついて歩きながら、マリアがぽそりと話しかけてきた。

「ところでオズワルド様」

「なんだ」

「ずるしてますよね」

「………抱き上げて起こしたら可哀想だろう」

実は抱き上げているわけではなく、風魔法で浮かせているだけだということに気付かれたらしい。

腕は念のため添えているだけだ。「そういうことにしておいてあげます」とくすくす笑う声に若干の気まずさを覚えながら足を動かしていると、あっという間にチェルシーの部屋に辿り着いた。

泥だらけのまま寝かせるわけにはいかないが、いかんせんこの家には人手が足りない。マリア一人でも着替えさせられるように、ベッドの上にチェルシーを浮かせる。「これでいいか？」と尋ねると、マリアはこくりと頷いた。

「大丈夫です。終わったら声をかけますね」

「頼む」

後のことはマリアに任せて退室する。自室に戻って一息ついていると、二十分ほどでノックの音がした。

人の気配はまだ読めないが、この時間に屋敷にいるのはマリアとエドガーだけだ。声はかからなかったが、チェルシーを着替えさせたマリアが知らせに来たのだろう。チェルシーを下ろしにいかなければならないから、どうぞとは言わずに自らドアを開けた。

「済んだか？」

「……はい」

廊下に立っていたのは予想通りマリアだった。ただその表情は妙に険しくて、釣られて自分の眉間《みけん》にも皺が寄った。

「……なにか見たか？」

俺の問いに、マリアは小さく頷く。しばらくためらう様子を見せてから、彼女はゆっくり口を開いた。

「……お膝の上あたりに、古い傷跡がありました。深く抉《えぐ》れた切り傷のような」

自身の眉間の皺が深くなったのがわかる。マリアが悲しそうな、悔しそうな顔をして「お可哀想です」と言った。

貴族など上流階級の家には、たいていお抱えの魔導士がいる。当然、治癒魔法が使えるレベルの者だ。だから貴族はちょっとの傷でも魔法で治してしまうのが当たり前で、それができないのは家の恥でもある。未婚の令嬢が体に傷を残したままだと、縁談にも影響するほどに。

ましてや、カーヴェル伯爵家には聖女がいる。魔導士になんて頼らなくても、深い傷も古い傷も簡単に治してもらえるのに、どうして。

チェルシーの隠し事とは、このことだろうか。それとも、もっと別のなにかだろうか。なんにせよ彼女の様子からして、秘密基地の合言葉みたいに心躍るものではなさそうだ。

「チェルシーが今日、俺に話してないことがあると言っていて。いつか話すから、もう少し待ってほしいと」

「そうですか……」

「傷のことだとしても、今の俺じゃまだ治してやれないし。チェルシーが自分で話せるまで待つよ」

肩を落としたマリアに向かって、いくらか明るい声で「どうせならあと二年くらい休んでもいいな」と言うと、彼女は気が抜けたようにふっと笑った。

「もう街であなたを見かけるって噂になってますよ」

「黒染めくらいしておけばよかったなあ」

「その顔立ちなら、髪色を変えたくらいじゃ意味はありません」

「……最悪、魔力が戻ってないふりでもするか」

「そうなったらあなた、顔がいいだけの無職ですからね」

「おい、言い方」

冗談交じりのやりとりの末、マリアは「すみません」とくすくす笑った。空気が軽くなったので、肩を叩いて二人でチェルシーの部屋に戻った。

体を拭き、寝間着に着替えさせられたチェルシーは、少し浮いた状態で変わらずすやすやと眠っている。頬をひと撫でしてからベッドに下ろすと、マリアがそっと布団をかけた。それから俺に向き直って、「お食事を温め直しますね」と言う。

「頼む。目が覚めて腹が減っていたら可哀想だから、ここにもパンかなにか置いておいてくれ」

「はい」

小さな寝息だけが聞こえる。たった一人の笑い声が聞こえないだけで、随分静かな夜だった。

第四章　大切な女の子

孤児院を訪れてから一週間。チェルシーは毎日のように図書館に行きたいと強請《ねだ》った。ため息をついたり考え込んだりするよりはいいかと思うけれど、どこか必死な様子が気にかかる。

盗み見た限りでは魔導書を読み漁《あさ》っているようだった。しかし、なにを調べているのか尋ねても「考えていることがあって」と言うだけで、詳しいことは話してくれない。仕方がないので、俺も手持ち無沙汰《ぶさた》に適当な本を借りている。

「チェルシー、出かけないか」

「はい！　ちょうど借りていた本を読み終わったところで」

だから図書館に、と言いかけた唇を手のひらで塞《ふさ》ぐ。

「図書館も寄る。あとでちゃんと寄るが、その前に少し買い物でもしよう。体が固まって動かなくなりそうだ」

「あ……すみません。退屈ですよね」

「君が構ってくれないと少し、な」

「ふふ」

チェルシーが身支度するのを待って外に出ると、見事な晴天だった。

特に欲しいものがあるわけでもなかったので、とりあえず通りをふらふら歩くことにする。街の一番大きな通りはこれまでにも何度か見ていたから、自然と足は別の通りに向かって、どちらかというと庶民寄りの店が並ぶあたりに出た。チェルシーは、貴族向けの高級店よりもむしろこういう場所の方が楽しそうな顔をする。下手《へた》に高級店に入ると、遠慮のしすぎで入った途端に飛び出していきかねない。

気になる店があったらふらっと立ち寄る、というのを何度か繰り返していると、賑《にぎ》やかな広場に出た。喧騒《けんそう》に紛れ懐かしい匂《にお》いがして、思わず足を止める。

「……あの爺《じい》さん、まだやってたのか」

「どうかしましたか？」

釣られて立ち止まったチェルシーが、きょとんと首を傾《かし》げた。

「あそこ。ホットドッグが売ってるの、見えるか？」

「ええと……あ、ありました！」

広場にはいくつか露店が並んでいる。その一番端、一際おんぼろの小屋で、やる気のなさそうな爺さんが一人ホットドッグを売っている。売っているとはいっても、見る限り客は一人もいないけれど。

「俺が魔法学校に通ってるころにもいたんだ、あの爺さん。腹が減ってどうしようもないとき、あそこのホットドッグを買ってた」

「おいしいんですか？」

「いや不味《まず》い」

俺が即答したのに対して、チェルシーは一拍遅れて「ええ？」と声を上げる。

「おいしくないのに買っていたんですか……？」

「あれが一番安くて腹に溜《た》まったんだよ」

　俺は特待生として魔法学校に入ったので、学費は免除、タダで寮に入れた上にいくらか奨学金まで貰《もら》っていたが、貧乏学生に違いはなかった。成長期になると寮で出る朝夕の食事だけでは足りなくて、なけなしの小銭を握って通りに出たものだ。

「懐かしいな」

　不愛想な爺さんはいつも湿気た煙草《たばこ》を咥《くわ》えていて、何度通っても「ほらよ」以外の言葉を聞いたことがない。そんな相手でも、いまだ現役なのを見るとなんとなく嬉《うれ》しい気がした。

「……食べてみたいです」

「ええ？　やめておいた方がいい。さすがに口には合わないと思うぞ」

「食わず嫌いはよくないです！」

「うーん……」

　食わず嫌いというか、俺は飽きるほど食った上での意見なんだが。チェルシーはすっかり食べる気満々といった様子で、結局俺が折れることになった。

　ひとつくれと言うと、相変わらず湿気た煙草を咥えた爺さんは「ん」とだけ言って金を受け取る。「ほらよ」と引き換えに手渡されたホットドッグは見るからにパンがぱさぱさで、パンより短いソーセージと、塩もみしたキャベツが申し訳程度に挟まっている。雑にかかったケチャップを見て、内心「ああ、これこれ」なんて思う。

少し離れたところに空いているベンチを見つけ、並んでそこに座った。律義に「いただきます」と言ったチェルシーがパンに噛《かぶ》り付くのを、少し心配しながら眺める。

「……パンの味がします」

「ははっ！　だろうな」

お上品なチェルシーの一口では、なけなしの具に到達することはなかった。もそもそ咀嚼《そしゃく》してから少し残念そうな顔をしたのがおかしくて笑ってしまうと、彼女はむむっと唇を尖《とが》らせる。

その小さな口ではおそらく二口目でも具に辿《たど》り着かないだろうと思って、ホットドッグを彼女の手首ごと引き寄せた。

「ん、…………相変わらず不味いな」

「オズワルド様！　お行儀が悪いです」

ぱくっと一口噛り付けば、ホットドッグはあっという間に半分くらいになった。お世辞にもうまいとは言えないホットドッグも懐かしかったけれど、チェルシーの手から食べるのも久しぶりのような気がする。とはいえ、たしかに行儀は悪い。手で割ればよかったか。

買い直そうかと言おうとしたところで、チェルシーが「あっ」と声を上げる。

「でも、これでソーセージが食べられます！　オズワルド様の一口、大きいですね」

「はは、うん。早く食べないと、冷えたらもっと残念な味になるぞ」

行儀が悪いとは言ったけれど、俺が口をつけたこと自体は気にならないらしい。嬉しげにまた小さな口でホットドッグに噛り付いて、チェルシーはなんとも言えない顔をした。

「だから言ったのに」

「……素材の味といいますか、その……ケチャップはおいしい気がします」

「店で売ってるよ、おそらくうちでも使ってるやつだな」

「あと、あの……歯ごたえが……歯ごたえが、まったくないキャベツ……」

「これが絶妙に不味いんだよなあ」

「つふふ、はい。おいしくない、です」

どうにか褒めようとしているのがいじらしいと言えばいじらしかったけれど、結局「おいしくない」と認めて噴き出した笑顔が一番かわいらしかった。隣にこの笑顔があるだけで、俺としては記憶より随分ましな味だ。

交互にホットドッグを食べて一息ついていると、チェルシーがぽつりと呟《つぶや》いた。

「なんだか、不思議な感じがします」

「なにが？」

「昔のオズワルド様について知ること、です。嬉しいけれど、申し訳ないような気もして。孤児院に行った日も思いました」

「申し訳ない？」

「わたしばかりが聞いてしまうから」

意図を図りかねて返答に困っていると、チェルシーが遠くを見つめたまま言葉を紡ぐ。

「……オズワルド様は、わたしがこれまでどう過ごしていたか、わざと聞かないでくださっていますよね」

断定的な言い方に、彼女は俺が思っていたよりも敏《さと》いのだと気が付いた。

「……あまり、聞かれたくないこともあるかと」

「ふふ」

チェルシーは小さく笑っただけで、否定も肯定もしない。

「わたし、ずっとそれに甘えていました。言いたくないことも、言った方がいいこともあるけれど、オズワルド様が聞かないのをいいことに黙っていました。そうやって優しくしてもらってばかりいて、……いざお話ししようと思うと、怖くなりました」

「なにが怖いんだ？」

「オズワルド様に嫌われることです」

こちらを見ないまま、チェルシーははっきりと言った。

「……今更、俺が君を嫌いになると思われているのは心外だな」

「すみません」

謝ってほしいわけではない。ただ、信じてもらえていないことが悲しくて、そんな自分が情けなくて。街中の喧騒がどこか遠く聞こえる。

「チェルシー。俺は、たぶん君が思っている以上に君のことを大切に思っている。言いたくないことは別に言わなくて構わないし、話したいなら話せるまで待つ。そしてなにを聞いたからといって、君を嫌いになることはないだろう」

「……ありがとうございます」

チェルシーはようやくこちらを見て、眉《まゆ》を下げて笑う。

「お話しすると言ったのに、お待たせして申し訳ないです。話そうとするたびに、迷って、怖くなって、苦しくなる。自分で自分が情けないとは思うんですけど」

そんなことないと言うのは簡単だったけれど、言えなかった。信じる、信じないとはまた別の問題なのかもしれないと、チェルシーの顔を見て思ったからだ。

なんだかんだ日が暮れ始めてしまい、図書館はまた後日改めてという話になった。切ないような、苦しいような胸の痛みを夕焼けのせいにして、「帰りましょう」と言った彼女の小さな手を強く握った。


翌日。シスターから感謝の手紙が届いていたので、俺は部屋で返事を書いていた。あらかた書き終え、結びの挨拶《あいさつ》に取り掛かろうとしたところで、家の中がやけに静かだと気付いて顔を上げる。少し前までは、開けた窓から庭で水やりをするチェルシーとマリアの声が聞こえていた気がするのに。

書きかけの手紙を残して部屋を出ると、ちょうどエドガーが近くにいた。

「チェルシーは？」

「チェルシー様でしたら、お買い物に行かれましたよ」

「買い物？　一人でか？」

「いいえ、マリアがついております。というよりは、マリアの買い出しにチェルシー様がつき合ってくださったようです」

聞けば、日課の水やりのあとでそういう話になったらしい。マリアは遠慮したが、チェルシーが「退屈なので」と押しきったそうだ。図書館で借りた本は読み終えたと言っていたから実際暇でもあるのだろうが、おそらくはマリアへの気遣い半分、俺への気遣い半分だろうと思う。

部屋に戻り、再び机に向かう。とはいってもほとんど書き終えていたので、あっという間に封まで済んで手持ち無沙汰になった。

チェルシーがいない家は、いつもよりひんやりしている気がする。自分の部屋にいると特にそう思えてしまって、読みかけの本を掴《つか》み、玄関に近い応接室へと移動した。

誰かの帰りをこんなふうに待つ日が来るとは思わなかった。一時間やそこらで戻るだろうと思うのに、時間が経《た》つのが随分遅く感じて、本を捲《めく》る手も進まない。

のろまな時計の針がようやく一周したころ、やけに勢いよく玄関の扉が開く音がした。

「チェルシー様!!」

いつもより大きな物音に少しばかり驚いていると、マリアの慌てた声がする。どうかしたのかと思って応接室を出れば、チェルシーが二階に駆け上がろうとしていた。

「なんだ、どうした」

声をかければその背中がびくりと震え、階段の真ん中でゆっくりと振り返った。俺が下にいると思わなかったのだろう。

小さな唇が俺の名前を呼んで、転がり落ちるみたいに階段を駆け下りてくる。

「オズワルド様……っ！」

「チェルシー？　おい、なにが……」

わっと俺の腕の中に飛び込んできたチェルシーは、どう見ても泣いている。話を聞こうにも可哀想《かわいそう》なほどしゃくり上げていて、とても話せたものではない。

「……なにがあった？」

とりあえず抱き止めてチェルシーの背中をさすりながら、買い物袋を抱えたまま立ちすくむマリアに尋ねた。珍しく取り乱している様子の彼女は、少し迷ってから口を開いた。

「荷物が多くなったので、帰りは乗り合い馬車を利用したんです。そこで昔の同僚に会いまして」

以前話していた、前の屋敷で一緒だったというメイド仲間だろうか。

「後から乗った彼女は、わたしの隣にいるのがチェルシー様だと気付いていなくて……その、聖女様の噂話《うわさ》を始めてしまって」

それをチェルシーも聞いてしまったと。迂闊《うかつ》でしたとマリアは頭を下げたが、彼女が悪いわけではない。友人の方だって、まさか貴族のお嬢様が乗り合いの馬車に乗っているなんて思ってもみなかったのだろう。せめて俺がついていればよかった。

「……どんな話だった？」

「……王太子殿下は、聖女様の美貌と魔力にすっかり夢中になられていて……今では、聖女様が殿下を弄《もてあそ》んで楽しんでいるのだと」

「へえ」

王太子は、柔和で端正な顔立ちと、王族としては心配なほど正直な人柄で信頼が厚く、国民からの人気も高い。そんな相手を、リリーは手玉に取っているというのか。

話の真偽はどうでもいいけれど、問題はそれを聞いたチェルシーがどうしてここまで取り乱しているのかということ。

「……それから、その」

「まだあるのか」

「彼女も面白がって言っただけなんです。ですから、あの」

「いいから。なんと？」

別にマリアや彼女の友人を責めるつもりはない。先を急《せ》かせば、マリアは重たい口を開いた。

「……『オズワルド様も、呪いさえ受けなければ聖女様と結婚できたのに残念ね。でも最近は出歩いてらっしゃるし、呪いも消えてるみたいだから……もしお仕事に復帰できたら、出来損ないの妹なんて捨てちゃって、宮廷で三角関係になったりするのかしら』……と」

——……なるわけないだろ。

思わずため息が零《こぼ》れた。そもそも俺が受けたのは呪いじゃなくて単なる瘴気《しょうき》だし、魔法で見えなくしているだけで消えてはいないし、リリーと結婚できなかったことを残念にも思っていない。瘴気が消えようが仕事に復帰しようが、彼女とどうこうなるつもりはないのに。ましてやチェルシーを捨てるなんて、天地がひっくり返ってもありえない。

とはいえ、人の噂なんてそんなものだろう。マリアの友人が面白半分で話したのも理解はできる。宮廷での泥沼三角関係なんて、他人事《ひとごと》なら面白いネタに決まっている。

腕の中で、ひくひくとしゃくり上げる声がする。今は、チェルシーさえ泣きやんでくれればいい。

「チェルシー」

「つわ、わたし、だめです。やっぱりだめ」

「なにがだめなんだ」

チェルシーの両手が目元をごしごし擦《こす》るので、そっと掴んでやめさせる。こんなふうに擦っていては、あっという間に腫《は》れてしまう。

代わりに親指でそっと拭《ぬぐ》っても、涙は止まることなく次々と溢《あふ》れてくる。

「わたしは……っ、わたしでは、オズワルド様を完全に治してさしあげることができません。治ったとしても、わたしじゃ強くて優しいあなたに釣り合わない」

「リリーの方がふさわしかったって？」

俯《うつむ》いて俺の方を見ないまま、チェルシーはこくりと頷いた。

「チェルシー。君には、君だけの良さがたくさんある。それは魔力の量でも、技術でもない。君の優しさと素直さに、俺は救われていたんだよ」

例えば、もしあのリボンになんの魔力も宿っていなくても、俺は嬉しかっただろう。俺を想《おも》って刺繍《しゅう》をした彼女の優しさに癒やされただろう。寝たきりのままでも、天真爛漫《らんまん》なチェルシーのことをきっと好きになっただろう。

「誰かと比べて、自分を卑下しないでほしい。今リリーが俺の癪気を完全に祓《はら》ったとしても、俺が彼女を好きになることはない。ましてや……もし、君がそんなふうに自分を下げてしまう原因が彼女だったなら、なおさらだ」

びくりとチェルシーの体が硬くなった。

「なにが君に悲しい顔をさせている？　どうして自分じゃだめだと思うんだ」

「それは……」

唇を噛《か》み言い淀《よど》んでしまうのを見て、やっぱり俺を信じきれていないのかと思う。背中を丸めて、どうにか無理やり目を合わせる。

「チェルシー、今までちゃんと言葉にしなくて悪かった。俺は君が好きだ。君だけを大切にしたいと思っている。君の心に傷があるなら癒やしたいし、苦しむ理由があるなら取り除きたい。……君と生きていきたいから、なんでも話してほしいよ」

「……わ、たし……、わたしも、このままずっと、オズワルド様と一緒に生きていきたい、です。わたしも、オズワルド様のことが……」

言いかけて、チェルシーは一度口を閉じた。続くはずの言葉はきっと俺が望むものだけれど、彼女には、それより先に言わなければならないことがあるようだった。はらはらと涙を零したまま、チェルシーが絞り出すような声で「でも」と言う。

「でも、わたしはずっと……ずっとお姉様に……」

かたかた震える唇を可哀想に思いながら、言葉の続きを待つ。そのときだった。

——カランカランと、来客を知らせる鐘が鳴る。

「……誰だ、こんなときに」

ようやくチェルシーが胸の内を明かしてくれそうだったのにと内心苛立《いらだ》っていると、しばらくしてエドガーがやってきた。

「オズワルド様、お客様がお見えです」

「誰だ？　見舞いなら断れ」

「それが……聖女、リリー様でございます」

チェルシーがひゅっと息を呑《の》んで、両手をぎゅっと握った。どうしてこんなタイミングで……。

「……あ、の……、わた、し……」

驚きからか怯《おび》えからか、すっかり固まってしまったチェルシーはか細い声を出す。

「チェルシー、もういい。俺は君に、もうそんな顔をさせたくない。決着をつけよう」

「決着……？」

「つらいだろうが、同席してくれ。いつかはきちんと向き合わなければならない」

「……向き、合う」

俺の言葉を繰り返したチェルシーは、続けて小さく「お姉様」と呟いた。その震える肩を抱き寄せる。

どういうつもりで訪ねてきたのかは知らないが、いい機会なのかもしれない。なにがあっても、チェルシーを守ることに変わりはない。通せ、と言った俺の横で、チェルシーが静かに涙を拭った。

「お久しぶりです、オズワルド様」

「ああ。君が俺を見限って以来だな」

応接室へと入ってきたリリーはまず俺に挨拶をしてから、隣にいるチェルシーに視線を移した。

チェルシーは慌てて擦ったせいで目元や頬《ほお》が赤く、涙を流してこそいなかったものの、薄緑色の目は潤んだままだ。直前まで泣いていたことが明らかな妹を見るなり、リリーは一瞬目を見開いて、すぐに顔をしかめた。彼女がこんなふうに露骨に嫌悪感を示すのは初めて見る。こっちが素なのか。

「なにをみっともない顔をしているの」

「す、すみません」

リリーのきつい口調に体を小さくするチェルシーを庇《かば》うように立つ。

「用件は？」

「……お見舞いです。お元気そうでなによりですわ」

リリーは俺の顔面に視線を向け、少し目を細めた。最近の俺はずっと瘴気を見えなくしているけれど、リリーならそれが魔法で見えなくしているだけだと見破れるだろう。案の定「瘴気は残っているようですが」と言ったので、自身の顔に手をかざして魔法を解除した。

「……随分、薄くなっていますね」

可視化された瘴気が予想より薄かったのか、リリーは少し驚いた顔をする。最後に彼女と会ったころには回復など見込めないような状態だったのだから当然か。

「かわいいチェルシーのおかげだよ」

「……チェルシーの？」

ぴくり、とリリーの眉が動く。視線をチェルシーに戻した彼女は、またしても不快そうに眉間《みけん》に皺《しわ》を寄せたが、今度はすぐに笑顔を作った。胡散《うさん》臭い笑顔が「詳しく聞かせていただけるかしら」と言ったところで、ティーセットを持ったマリアが入ってきたため、チェルシーとリリーを促してソファに座る。俺の隣に座ったチェルシーはずっと縮こまったままだ。お茶なんて飲む暇があったらリリーにはさっさとお帰り願いたかったが、この場で決着をつけなければ、結局はチェルシーが長く苦しむことになるだろう。

「実はチェルシーは、弱いながらも聖魔法と治癒魔法を同時に定着させることができた。彼女に刺繍を施してもらったリボンやシャツを身に着けているうちに、瘴気が解《ほぐ》れるように弱くなってきたんだ」

「聖魔法と治癒魔法を定着……!?　それも同時に、ですか!?」

「ああ。君にもできないことだろう」

「まさか……」

リリーは信じられないといった様子で、俺とチェルシーを交互に見る。証拠だといって髪を結んでいたリボンを手渡すと、彼女は指先で刺繍の上を何度も撫《な》でた。

「たしかに……とても弱い力ですけど、二種類の魔力を感じます。でも、どうしてこの子が……」

リリーの唇がわなわなと震えている。出来損ないだと思っていた妹の思わぬ才能を目の当たりにして、悔しがっているのだろうか。

それでも、やがてリリーは咳払《せきばら》いをひとつすると、冷静を取り戻したようだった。リボンをそっとテーブルの上に置き、まっすぐこちらを見据えてくる。

「最近、街でオズワルド様をお見かけすると聞いていたんです。お元気そうだと噂になっていたのは、そのためだったのですね」

「ああ。チェルシーが来てくれて本当に感謝しているよ」

「そうですか。……近くで、お顔をよく見せていただいても？」

「どうぞ」

リリーが立ち上がり、俺に近寄って顔を覗《のぞ》き込んでくる。目視で確認した後、ぎりぎり触れないくらいの距離で手をかざし、瘴気の状態を感じているようだった。

「……これだけ弱くなっていれば、今度こそ祓えるかもしれません。傷の中にも残っているでしょうから、もちろん治癒魔法も同時にかける必要はあると思いますが」

「俺も同じ見立てだ。もう少し魔力が回復したら自分で治癒魔法がかけられるだろう。そのとき祓ってもらえるかな」

「……もちろんです」

「ありがとう。これで顔も魔力も元通りだろうし、仕事にも近々復帰できるな」

きゅっと唇を引き結んだリリーは、俺から離れて一歩下がった。眉間がぴくぴく震えていて、険しさが誤魔化しきれていない。

宮廷魔導士、中でも魔導部隊の隊長ともなれば、実は王太子にも引けを取らない立場だ。それはもちろん、その魔術を持って部隊を率いれば国家の転覆も容易《たやす》いからだが。……逃がした魚は大きいのだと、せいぜい悔しがるといい。

席に戻るかと思ったが、リリーはその場に立ったまま、少し考える素振りを見せた。

「オズワルド様」

「なにかな」

「少し、妹と二人で話す時間をいただいても？」

「……その必要があるかな」

以前と変わらぬ愛想笑いを浮かべたつもりだが、うまくはできていないかもしれない。一方のリリーも、口元は弧を描いているものの、目の奥が笑っていない。

「久しぶりに会ったのです。積もる話もあるというもの」

「チェルシーの方にはなさそうだが」

「あら。……そんなことないわよね、チェルシー？」

リリーが、ずっと俺に隠れるようにしていたチェルシーを覗き込む。釣られるようにその顔を見れば、真《ま》っ青《さお》な顔で唇を噛んでいた。

「……はい、お姉様」

「というわけなの。お時間をくださいな」

「……チェルシー、君は」

「……お願いします、オズワルド様」

チェルシーにそう言われて、俺は渋々立ち上がった。

「話が終わったら呼ぶように」

「はい」

部屋を出る前に少し振り返ると、チェルシーも立ち上がっていた。こうして並んでいるのを見ても、やはりあまり似ていないなと思う。似ているといえばせいぜい薄緑の目の色くらいで、知らない人間ならば姉妹だと気付かないかもしれない。

部屋を出たところで、慌てた様子のマリアが駆け寄ってきた。

「オズワルド様⁉　二人にして大丈夫なのですか？　なにかされるんじゃ……」

心配そうに眉を下げ小声で捲《まく》し立てるマリアの奥に、同じような顔をしたエドガーがいる。二人に向かって、人差し指を唇に押し当ててみせた。

静かに、というジェスチャーを見て、マリアはすぐに黙った。

『……チェルシー、いったいどういうことなの』

『すみません、お姉様』

分厚い応接室の扉を挟んでいるとは思えないほど、鮮明に声が聞こえてくる。実は部屋を出る前に、リリーに気付かれないようそっと魔法を残してきた。風魔法を応用することで、部屋の中での会話が外にも届くようになっている。魔力が戻りきっていれば気配で二人の動きもわかるけれど、今は声を聞くのが精一杯だ。

『どういうことなのかって聞いているの。聖魔法と治癒魔法を同時に定着させるなんて……！　あなた、わかってやったの？』

『ち、違います……！　自分でもわからないんです。オズワルド様を想って刺繍をしていたら、それに魔力が宿っていると言われて……。で、でも本当に少しだけで、オズワルド様を完治させるほどの力はないだろうって……。お姉様の魔力には到底及びませんし、すごいことなんかじゃ……』

案の定、リリーによる質問責めが始まったようだ。謙遜するチェルシーの言葉に被《かぶ》せるように、リリーが『ばか言わないで！』と声を上げた。

『あんなとんでもない術……オズワルド様への愛のおかげだとでも？　それでうまくオズワルド様に取り入れられたのかしら』

苛立ちが隠しきれていないリリーの言葉に、目の前のマリアが顔をしかめる。彼女にも声が届いているのだろう。

本当に、実はとんでもない聖女だったようだ。予想通りといえば予想通りで、いっそおかしくなってくる。

『そ、それは……お姉様、わたし』

『大体、あなたはどうして泣いていたの？　事の次第によっては連れ帰るわよ』

『い、嫌です、お姉様……帰るのは嫌』

チェルシーの震えた声に、かたかたと歯が鳴る音が混じる。このままではきっとまた泣き始めてしまうだろう。

『なら、さっさと理由を話しなさい。そう長くはこうしていられないでしょう』

『お姉様……。お姉様もやっぱり、オズワルド様のことが好きでしたか？』

『え？　あなた……今更なにを言っているの？　そんなわけないでしょう！』

へえ、そんなわけないのか。腹立たしげに否定したリリーの本性も十分わかったことだし、声がかかるのを待たずに部屋に戻ろうかと思った、そのときだった。

『でも、お姉様……っきゃあ!!』

ガシャン、と大きな物音が聞こえた。チェルシーの悲鳴も。

「っ、どうした!?」

慌てて扉を開けると、散乱したティーセットに、歪《ゆが》んだテーブルが見えた。そのすぐ近くで床に座り込んでしまっているチェルシーと、手を伸ばしているリリー。その様子はどう見たって。

——……突き飛ばしたのか。

脳が状況を理解した途端、腹の底から怒りがふつふつと湧《わ》いてきて、あっという間に頭に血が上る。足元から風が吹き始め、自分の体の周りに抑えきれない魔力が滲《にじ》み出ているのがわかった。

「……どういうつもりだ」

「……どうもこうも、見たままですが」

見られたことで開き直ったのか、リリーはおしとやかな聖女の仮面を脱ぎ捨てて俺を睨《にら》みつけてくる。

「俺の大事なチェルシーに手を出すとは、いい度胸だな」

「あらいやだ。大事なチェルシーだなんて、あんなに泣かせておいてよく言えますね」

「誰のせいで泣いていたと思ってるんだ」

リリーは一層不機嫌な顔をする。

「オズワルド様以外にいらっしゃる？　あなたが大事なのはチェルシーではなくて、この子の魔法じゃないの？」

はっと鼻で笑ったリリーを見て、ぷつんと堪忍袋の緒が切れた。周囲の風が強くなって、応接室のあらゆるものがガタガタ揺れている。

本気で怒りを覚えたとき、自分がこうなるとは知らなかった。こんなに怒れるものなのかと、他人事のようにどこか感心するくらいだ。

「まだ全快じゃないんだが、君を叩《たた》き出すことくらいはできそうだ」

「怖い顔。そんな顔もなさるのね、そっちが素だったのかしら」

「君に言われたくないな。改めて言っておくが、まだ治癒魔法は使えない。それに俺は本来治すより壊す方が得意だ。出ていくなら早い方がいい」

さすがに多少怯《ひる》んだのか、リリーが俺を睨んだまま半歩後退《あとじさ》った。どうしてやれば、二度とチェルシーに関わらなくなるだろうか。

リリーの方がチェルシーに近いので、傷つけるような動きをしたらすぐに吹き飛ばしてしまおう。家がどうなろうが関係ない。とはいえリリーも素直にやられる気はないだろうし、現状ならまだ彼女の魔力の方が上かもしれない。

じりじりと膠着《こうちゃく》状態が続くかと思ったそのとき、最初に動いたのはチェルシーだった。睨み合う俺とリリーの間に飛び出してくる。

「待ってください！」

「チェルシー、危ないから退《ど》いていてくれないか」

「嫌です、待ってください。やめて……！」

心優しい彼女には見ていられなかったのかもしれない。けれど、ここまできて黙ってはいられない。

「悪いが、部屋での会話は聞いていた。これ以上リリーに君を傷付けさせるわけにも、ましてや連れ帰らせるわけにもいかない。多少痛い目を見てもらっても、だ」

「だ、だめ……やめてください。違うんです、お姉様は……」

「庇わなくていい」

「違います！」

リリーを庇うように両腕を広げたチェルシーが、今日一番の大声を出した。

「お姉様は!!　わたしのことが好きすぎるだけなんです!!」

「…………は？」

叫ぶだけ叫んでわっと泣き出してしまったチェルシーと、予想外の言葉に魔力が引っ込んだ俺。少

しの間を空けて、風が収まった部屋にリリーの大きなため息が響いた。


「……一から説明してくれるとありがたいんだが」

とりあえず落ち着いて話そうと、散らかった部屋を簡単に片付けた。一度なにもなくなったテーブルの上に、マリアが新しいお茶を用意する。そうしてまた向かい合ってソファに座っているのだが、さっきと違うのは座る位置だ。テーブルを挟んだ俺の向かいにリリー。そしてその隣に、彼女にべったりくっついているかわいいチェルシー。……おかしくないか？

「その前に。チェルシー、あなた本当にどうして泣いていたの。この男のせいなら、やっぱり大人《おとな》しく説明なんてしてる場合じゃないんだけど」

リリーが眉間に皺を寄せて、俺に睨むような視線を寄こしてくる。どうやら彼女が妹を大事に思っているというのは嘘《うそ》ではないらしい。

「オズワルド様のせいじゃありません。オズワルド様は、ずっとわたしによくしてくださっていました」

「それならいいんだけど……。まあ、さっきもあなたのことで本気で怒ってくれていたし、信じるわ」

ありがとうございますと言って、チェルシーはふにゃっと笑う。甘えたような、安心しきったようなその表情に、どうやら彼女も姉のことが大好きなんだと悟る。

「リリー。俺は、君がチェルシーのことを出来損ないだと触れ回っていると聞いていたんだが」

「それは本当です」

「仲が良いなら、なぜそんなことを」

「……お姉様は、わたしを庇ってくれていたんです」

潔く認めたリリーに代わって、チェルシーがぽつぽつと喋《しゃべ》り出す。

「昔、子供だけのお茶会で、ふざけた男の子に突き飛ばされたことがあったんです。転んだところを女の子たちにも笑われて、わたしはすっかり人見知りになりました。ちょうどそのころに、魔法の才能がないこともわかって……。社交の場に出れば、将来聖女になるだろうと言われていたお姉様と比べられることはわかりきっていましたし、人見知りなので、それをうまくかわすことも難しい。だからお姉様は、あえてわたしを悪く言うことで社交の場に出なくていいようにしてくれていたんです」

「……聖女の妹だからといって、下手に担ぎ上げられるのも避けたかったの。自分の身を守る魔力もないのに、万が一戦いの場に引っ張り出されでもしたら、どうなることかと」

リリーはチェルシーの手をぎゅっと握った。

たしかに人前に出なければ、直接心無い言葉を言われることも、そういった陰口を耳にすることすらもないだろう。この国では学校は身分の低い者が通うところで、貴族ならたいてい家庭教師をつけるから、勉強には困らなかっただろうし。

チェルシーが「聖女の妹」として担ぎ上げられるのを避けたかったというのも理解はできる。厄災の年はおおよそ百年に一度、それに呼応するように生まれる聖女の存在も百年に一度だ。聖女に関連するものはなんでもありがたい、なんて考える人間も少なくはなかった。

リリーは、あえてチェルシーを「出来が悪いから社交の場に出せない」「魔力がないので戦場でも役に立たない」と悪く言うことで、周囲の目から守っていたのか。嫌な女だと自分が顔をしかめられることもあっただろうに。

「わたしが妹を虐げているという噂は、オズワルド様の耳にも入っていると思いました。だから、それを利用して同情を買い、付け入りなさいと言ったんです」

「……待て、どういうことだ」

「妹は、以前からあなたのことが好きだったので」

むすっとしたリリーの横で、チェルシーが顔を赤くしている。

「初耳なんだが」

「そうでしょうね。あなたがこの子に会ったのは、ほんの数回ですし。それなのに簡単にチェルシーの心を奪っていって……正直憎たらしいくらいです」

リリーがこちらを見るときにずっと睨むような目つきなのは、そのせいか。妹のことが好きというのは、どうやら俺の想像をはるかに超えたシスコンという意味らしい。

「もともとわたしは、オズワルド様との婚約に乗り気ではありませんでした。あなたはとても親切でしたけど、それは誰に対してもでしょう？」

「……まあ、そうだな」

「わたしもどちらかというと取り繕っていたので、なんとなくわかっていたんです。この人はわたしを特別好きではないし、好きになるつもりもないのだろうと。そしてそんな相手を、わたしも好きにはならないだろうと思っていました」

そう言われると自分が随分と淡泊な人間に聞こえるが、実際その通りだったとも思う。必要以上に歩み寄る気はなくて、なおかつリリーもそうだったなら、あのまま婚約関係を続けていても、きっとずっと当たり障りのない関係だったに違いない。

「ただ、ああいう話は士気にも関わるでしょう？　人々も、わたしたちが仲良く揃《そろ》って訪れた方が安心してくれる。だから厄災の年が終わるまでは話を合わせていて、ほとぼりが冷めたら婚約解消をお願いしようと考えていたんです」

「なるほど。それはわかったが……」

チェルシーが以前から俺に好意を持っていた、とは？　……顔か？

「正直、チェルシーに好かれるようなことをした記憶がない。いつからだ？」

「……お姉様の婚約者として、初めてうちにいらっしゃったときです」

「挨拶だけして、君はすぐ部屋に引っ込んでしまった気がするが」

「はい。でも、その前に……オズワルド様は、お姉様を守るとおっしゃってくれました。……『君の』」

――……君の大切なお姉さんを、守るよ。私が必ず無事に、君のもとへ連れ帰ると約束しよう。

言ったっけか、そんなこと。チェルシーが言った言葉を反芻《はんすう》するが記憶にない。だが、当時はしっかり猫を被っていた上、興味がないから「妹は聖女に虐げられている」なんて噂も話半分にしか聞いていなかった。純粋に婚約者の妹に対してと思えば言った可能性は大いにあるし、実際守るつもりもあったはずだ。かなり格好つけた言い方をしている気はするものの。

「お姉様は、強いから……両親でさえ、お姉様には聖魔法があるから大丈夫だと言っていて。たしかにお姉様の聖魔法は、発動すれば魔獣を寄せ付けません。でも、それまでは無防備になってしまうのに……。だから、オズワルド様が『守る』と言ってくださって、嬉しかった。安心しましたし……物語に出てくる王子様みたいだと思ったんです」

それだけのことで好きになってしまうなんて、俺の想像をはるかに超えてチェルシーも十分シスコンらしい。なるほどと頷いていると、横から「単に顔も好きよね」と聞こえてきた。やっぱり顔もあるのか。

「お姉様！　た、たしかにその、オズワルド様はお顔も素敵ですけど！　でも、最初に素敵だと思ったのは本当に、お姉様を守るとおっしゃってくれたからで……。わたしの大好きな人を、大切にしてくれる人だと思ったからで……」

真《ま》っ赤《か》になったチェルシーがぼそぼそと呟くので、まあこの件はよしとしよう。「とにかく！」と彼女は声を上げた。

「とにかく！　その後オズワルド様は、おっしゃっていた通り本当にお姉様を守ってくださいました。お姉様を庇って寝たきりになったと聞いたとき、心臓が止まるかと思ったんです」

「……今にも飛び出していきそうだったから、どうせなら身代わりの婚約者として行きなさいと言ったの。同情を買いながら献身的に介抱すれば、オズワルド様も追い返したりはしないだろうと思ったし。うまくいったみたいね」

強引な婚約破棄も、あくまで妹のためだったのか。それならば。

「チェルシー。君が身ひとつでうちに来たのは」

「……？　早くお会いしたかったからです。お傍《そば》を離れるつもりはなかったので、外出しないならお洋服やアクセサリーも多くはいらないと思って」

「侍女の一人も連れていなかったのは」

「お体の調子が悪いときに、見知らぬ人が増えてはオズワルド様のご負担になるかと。魔力で人の気配が読めることや、魔力酔いする可能性があることはお姉様から聞いていました」

「……ついでにさっきの騒動は」

「ずっと連絡も取れていなかったので、お姉様に会えたのが嬉しくって……。抱き着こうとして、テーブルの脚に躓《つまず》いて転びました」

——……全部が全部、俺の杞憂《きゆう》だったというわけか。

「はあ……。ならいいんだ」

なんだか気が抜けて、ため息となって口から漏れた。チェルシーが少し不安そうな顔をしたけれど、呆《あき》れたのではない。今も昔も彼女が傷付いていたわけじゃないなら、とにかくそれでよかった。

「ああでも、リリー。ひとつだけ訂正がある」

「なにかしら」

リリーの策略にまんまと乗せられていたかたちだが、すべてが彼女の作戦通りというわけでもなかった。言っておかないと知りようがないだろうから、伝えておかないと。

「たしかに、俺はチェルシーが君に虐げられていると勘違いしていた。けどそれはあくまで過去に聞いた噂や、俺の思い込みのせいだ」

「どういうこと？」

「チェルシーは、進んで同情を買おうとはしなかった。……ここに来てからただの一度も、彼女が君を悪く言ったことはなかったよ」

そうだ。すべては俺の勝手な勘違い。チェルシーが、リリーの話題が出るたびに顔を青くしていたのは、きっと「虐げられていたと言って同情を買いなさい」という言いつけを思い出していたから。嘘でもそれができなくて、たくさん葛藤《かっとう》していたんだろう。

リリーがはっとしてチェルシーを見る。チェルシーはまた、大粒の涙を浮かべていた。

「い、言えなかったんです。お姉様が、世界で一番わたしを大事にしてくれているって、知っているから。でも、オズワルド様に本当のことも話せなかった。もし話せば、せっかくお姉様が作ってくれた機会を台無しにしてしまう」

目のふちに溜まった涙がぽたぽたと零れ始める。それでもチェルシーは話すのをやめなかった。

「ここで過ごしているうち、オズワルド様にもどんどん惹《ひ》かれていきました。そうしたら、余計になにも言えなくなりました。き、嫌われてしまうのが、怖くて」

これまで溜め込んでいた言葉が全部溢れてくるかのようだ。時折しゃくり上げながらも、チェルシーは話し続ける。

「オズワルド様がわたしを大事にしてくださるたびに、本当は、優しくしてもらう資格なんてないのにって……お姉様の場所だったのにって思って、苦しかった。ごめんなさい。二人とも、ごめんなさい……っ！」

ようやくチェルシーが話し終えたとき、婚約者だったはずの俺が聞いたこともない優しい涙声が、「ばかね」と言った。ばかねえ、と繰り返しながら、リリーがチェルシーを抱き締めて何度も頭を撫でている。

撫でられてより一層泣いてしまったチェルシーを見て、ふと気が付く。

「ああ、もしかして……リリーが来る直前に君が泣いていたのも、そのせいか」

合点《がてん》のいった俺と異なり、リリーは首を傾げる。チェルシーがすんと小さく鼻をすすってから、こくりと頷いた。

「お姉様が、王太子殿下からのご好意を無下にしているという噂を聞いて……もしかして、お姉様もやっぱり本当はオズワルド様のことが好きだったんじゃないかと思って」

「絶対にないって言ったわよね？」

「でも、お姉様はわたしのためならそれくらいの嘘、平気で吐《つ》くかもって……！」

知らないところで『絶対にない』とまで言われていた俺の立場は……まあいいか。

「……オズワルド様も、本当のことを知ったらお姉様を好きになるかもしれないと思ったんです。猫を被るのをやめるとおっしゃってましたし……お互い偽りのない状態なら、歩み寄れるかもしれない。好きになるかもしれない。だからちゃんと話さなくちゃ、って……」

話せば、自分はこのままでいられなくなるのに。「だから黙っていよう」とはならないのが、チェルシーのいいところだと思う。

「わたしは、お姉様もオズワルド様も大好きです。どちらかを犠牲にしたり、騙《だま》したりしたままじゃ生きていけない。二人とも同じくらい大好きだから」

もっと早く言うべきだったたと、チェルシーは改めて頭を下げた。その肩を抱くリリーと目が合って、俺は一瞬、あったかもしれない彼女との未来を考えた。

うまくはいったかもしれない。でもやっぱり、お互いが心を開くことはなかっただろうと思う。なにせ一年も共に戦ったのに、俺は彼女が重度のシスコンだと知らなかったし、彼女もそれを打ち明けるほどには俺に気を許していなかったのだ。

どのみち無難な関係だっただろう。そう思って少し笑ってしまうと、どうやらリリーも同じことを思っていたらしい。好き合うことはなかったけれど、ふっと緩んだ表情と視線だけで、なんとなく考えがわかるくらいの関係にはなっていたようだ。

「チェルシー」

声をかけると、チェルシーはゆっくり顔を上げた。結局腫れてしまった目元が痛々しくて、でも愛《いと》おしい。いつでも素直に、笑ったり泣いたり怒ったり。それは往々にして、誰かのために。そんな彼女を好きになった。

「きっかけはどうであれ、俺は今、君のことが好きだ。本当のことを知ってもそれは変わらない」

「オズワルド様……」

「他の誰でもない、君に傍にいてほしい。これからも笑ったり泣いたりして、君と生きていきたい。

「……嫌か？」

「いいえ、いいえ……っ！」

ぶんぶんと首を横に振ったあと、チェルシーはリリーに視線を向ける。当たり前に気が付いたリリーは、チェルシーの考えなどお見通しだとでもいうように小さく微笑《ほほえ》んだ。

「言っておくけど、わたしへの気遣いも不要よ。オズワルド様のことは本当になんとも思っていないし、これから先も、あなたを攫《さら》っていく憎たらしい男としか思えないわ」

「『憎たらしい』に力込めすぎじゃないか？」

「当たり前です」

ふん、とふんぞり返ったリリーも随分と素が出てきたと思う。

「ですが、突然転がり込んできた妹を大事にしてくださったことには感謝しています。こちらの勝手で振り回したことも、ごめんなさい」

「いいさ。結果オーライだろう」

「ふふ、そうね」

俺たちの会話に、チェルシーはようやくほっと息を吐いた。そして、改めてまっすぐ俺を見る。

「わたし……わたしは、ずっとお姉様に守られていました。そして、お姉様を守ってくれたオズワルド様を好きになりました」

「うん」

「わたしも、大事な人を守れる人になりたい。自信を持って大切な人たちと生きていきたい。誰も取りこぼしたくない。わたしはずっと、大好きなお姉様の妹です。それから……大好きなオズワルド様の、家族になりたいです」

「ああ、大歓迎だ」

花が綻《ほころ》ぶようにチェルシーが笑う。それは間違いなく、今まで見た中で一番の笑顔だった。

エピローグ

「「……あ」」

一か月後のことだ。あれから完全に魔力が回復した俺は、来週から仕事に戻るため久しぶりに宮廷へと顔を出していた。ばったり遭遇したリリーは、俺の顔を見て「お元気そうね」と言った。

「おかげさまで。この通り顔も綺麗《きれい》に戻ったからな、婚約者の反応がかわいくて毎日楽しいよ」

「治すんじゃなかったわ」

二週間ほど前、リリーの協力を得て俺は完全に元の状態に戻った。瘴気《しょうき》は祓《はら》われたし、傷跡も綺麗さっぱり消えている。

リリーとはお互いすっかり素を晒《さら》して、こんなふうに軽口を言い合える関係になっていた。愛想笑いで他人行儀だった婚約時代より、随分いいものだと思う。

「君も仕事か」

「ええ。例の実験が進んだようだから、様子を見に来たの」

例の実験とは、聖魔法の定着についてだ。あの日、無事に誤解が解けた後、チェルシーからとある発案があった。『お花の水やりをしたときのように、わたしの体にお姉様の聖魔法を流し込んでもらって、それを定着させることはできないでしょうか』と。

チェルシーの技術とリリーの魔力量を合わせれば、大きなものにも定着させることができるかもしれない。それこそ銅像などにでも定着させられたら、魔獣対策として各地に置いておくことができる。

やってみる価値は十分にあるだろうという話になって、以来チェルシーは刺繍《ししゅう》を介さず聖魔法のみを物質に定着させる練習をしている。いくつか試作品が完成したところで、今度はそれに他人が魔力を補充できるのかを確認することになった。それが「例の実験」というわけだ。

「何人かに協力してもらったけど、全員うまくいきそうよ。魔力量や技術に関係なく、聖魔法は補充しやすいみたい」

「朗報だな」

それなら聖女じゃなくても、聖魔法の適性さえあれば魔力の補充が可能になる。聖魔法は別人の魔力が混ざっても効果が薄まりにくいから、百年先に訪れる次の厄災《やくさい》の年でも役に立つかもしれない。長く人々のためになるかもしれないとわかれば、チェルシーも喜ぶだろう。

「ちなみにこの後はあなたの家に行くわよ」

「は？　聞いていないんだが」

「実験結果を直接チェルシーに報告したいし……わたしの魔力を流しながら定着させる練習も、そろそろした方がいいでしょう？」

チェルシーにリリーの魔力を流し込むことに関しては、あまり心配していない。血縁だからそもそも相性が悪いなんてこともないだろうし、姉を全面的に信頼しているチェルシーがリリーの魔力を拒んでしまうはずもないからだ。とはいえ練習が必要というのもわかる。わかるにはわかるが、チェルシーと二人きりの時間が減るのは面白くない。

「……君に妬《や》かなきゃいけないのがたまに悲しくなる」

「あなたはこの数か月、毎日チェルシーを独り占めしていたんだから我慢してください」

「生まれてこのかた独り占めだった君に言われたくないんだが」

軽口を叩《たた》きながら並んで廊下を歩く。結局いっしょに帰ることになりそうだ。

「……まあ、でも、いつでも顔を出してくれ」

「意外ね？　オズワルド様がそんなこと言うなんて。チェルシーに関してはもっと器量が狭いことを言うかと思ったのに」

リリーが大きく瞬《まばた》きをした。言葉にも態度にも、本当に遠慮がなくなっている。お互い様か。

「君が押しかけてくる少し前、チェルシーがよくため息を吐いていて。今思うと、君に会えていなくて寂しかったんだろう。君を恋しく思う気持ちは、俺では埋めてやれないからな」

「……ありがとう」

何度か目をぱちぱちさせた後、リリーは聖女ではなく姉の顔で微笑《ほほえ》んだ。

「そういえば、君はどうしてそんなに妹がかわいいんだ？」

なんだかんだリリーと二人きりになるのは初めてだったので、ずっと気になっていたことを聞いてみることにした。たしかにチェルシーはかわいいが、自分が悪名を被《かぶ》ってまで守るなんて、そう簡単な思いでできることではないだろう。

「オズワルド様には、ご兄弟は……弟さんや妹さんはいないのよね？」

「ああ、兄弟どころか親の顔も知らない。孤児院には下もいたが、俺はこの髪の色だろう？　物心ついたころには、さっさと魔法学校に移ったから」

兄弟のような人物をしいて挙げるならマリアだろうが、彼女はどちらかというと姉のような存在だし。

俺の返事を聞いたリリーは、まっすぐ前を向いたままぽつぽつと話し始めた。

「……姉であるというだけで、無条件に慕ってくれる子がいるというのは、本当に心強いものよ」

「心強い？」

「ええ。わたしとあの子は、四つも離れているでしょう？　あの子が生まれて、自分の足で立つようになったころには、わたしはもう自分が周りからどう思われているのか気付きつつあった」

プラチナブロンドの髪、同年代の子供より突出した魔力、巡ってくる厄災の年。この子はやがて聖女として国を救うのだろうと言われていたに違いない。

「両親ですら、あなたは特別な子だと言っていたわ。……小さな子供だったわたしにとっては、それは拒絶の言葉みたいだった。髪の色が親と違うことだって、わたしは嬉《うれ》しくもなんともなかったのに」

特別だから、他とは違うからと線を引かれて、たった一人。そんな思いだったのかと想像する。

「そんなときよ。歩き始めたばっかりのあの子が、わたしの後ろをついて回って。言葉を覚えてからも、お姉様、お姉様って。……それだけで、世界を守ってやろうって思えたの」

「……そうか」

秘密よ、とリリーは笑った。なんとなく、迫真の芝居で怪物の台詞《せりふ》を読んでいたのは、チェルシーではなくリリーだったんだろうと思う。きっと彼女はかわいい妹のためならば、聖女にも怪物にもなれた。

「だが、チェルシーが大人《おとな》になってもずっとああなのは、君が慕われるような姉であり続けたからだろう」

「……そうかしら？」

「そうだよ」

たしかに、最初は無条件だったのかもしれない。雛《ひな》が初めて見たものを親だと思い込むように、ただ無条件に姉と慕ったのかもしれない。けれど、チェルシーは小鳥ではないのだから、刷り込みだけで姉を愛し続けたりはしないだろう。

「君が大事にしてきたから、ああも素直に育ったんだろうな」

「あら、あの子の素直さはほとんど天然よ。そこがかわいいの」

「まあ、かわいいが……最近は困るくらいだな。俺の愛情を素直に受け取ってそのまま返してくるから、式を挙げる前に手を出してしまいそうで困っている」

「やってみなさい、張り倒すわよ」

しんみりした雰囲気を振りきるように軽口に戻れば、ちょうど廊下の向こうから人影が近付いてきた。

「リリー！」

「王太子殿下」

「……オズワルドもいたのか」

「ご無沙汰《ぶさた》しております」

現れたのは、リリーに袖《そで》にされていると噂《うわさ》の王太子だった。慌てたように駆け寄ってきた後、リリーの隣にいるのが俺だと気付くと少し驚いた顔をした。

「本当に、すっかり元の調子に戻ったんだな」

「はい。ご心配をおかけしました」

「いや、国のために体を張ってくれた。礼を言う」

殿下は微笑んでそう言ってから、俺とリリーを交互に見て、なにやら言いにくそうに口をもごもごさせた。

「……その、君たちは……、婚約を解消したというのに仲が良いんだな」

「良くはないです」」

綺麗に重なった返事に、殿下はぽかんとしている。

「かわいい婚約者の姉君ですので、致し方なく」

「わたしもかわいい妹が人質に取られているので致し方なく」

「そ、そうか」

おい、人質はないだろ。俺の視線に、リリーは気が付かないふりをした。

「それじゃあ、今夜君を食事に誘ってもいいだろうか」

殿下がリリーの手を取って、恭しく指先に口付けながら尋ねる。

「今日は妹と約束がありますので」

「それなら、明日は？」

「……明日なら、まあ……」

「ありがとう！」

また連絡するよ、と殿下は駆けていった。廊下の向こうで文官が待っていたから、おそらく公務の合間に抜け出してきたんだろう。

「……そういえば君、ずっと俺を治す方法を探してくれていたんだってな。殿下もそれに付き合ってくださっていたとか。さっき部隊の連中に聞いた」

「やだ、言わないでって言ったのに」

リリーがいささか気まずそうな顔をする。

仲間に聞いたところによると、リリーは俺に婚約破棄を突き付けた後、魔導部隊のところへ向かったらしい。初めは部隊の連中も俺を見限った女だからと相手にしなかったらしいが、彼女が何度も頭を下げたので、やがて打ち解けていっしょに瘴気を祓う方法を模索していたそうだ。

俺の前では一切そんな様子は見せなかったが、リリーは俺が寝たきりになったのは自分のせいだと、随分気に病んでいたらしい。自責の念に苛《さいな》まれ、寝る間も惜しんで解決法を探しては次第にやつれていくのを周りが心配するほどだったとか。そんな彼女を気遣い、心を救ったのが王太子殿下で、二人は誰がどう見ても……それこそ、ここで働くメイドが見てもわかるほど、好き合っていると聞いた。

「聖女が王太子に言い寄っている」という噂の発端はそこらしい。実際は逆だったらしいが。

「どう見ても君に気があるみたいだが……応《こた》えてやらないのか？　俺を除いたら一番の優良物件だが」

「不敬よ」

リリーは、小さくなる王太子の背中をずっと目で追っていた。まんざらでもないのは間違いないだろうに。

「チェルシーが結婚するまでは応える気がないの」

「どうして」

「親族の席にいられないからよ」

「あー……。ぶれないな、君」

リリーの言う「親族の席」とは、結婚式で座る場所のことだ。主たる貴族や騎士団の団長、魔導部隊の隊長……つまり俺クラスの結婚式となれば、王族が立ち会うのが慣例で。もし王太子の婚約者になったら、リリーは親族ではなく王族の席につかなければならない。

「殿下もお可哀想《かわいそう》に」

「……それまで待っていてくださったら、お応えするつもりよ」

「なら、殿下のためにもさっさとチェルシーに話しておくよ」

仕事が落ち着いてから、なんて呑気《のんき》なことは言っていられなさそうだ。

◇

――――四か月後。眩《まぶ》しいほどよく晴れた日に、結婚式は執り行われた。

先ほどまで俺の隣にいたかわいいチェルシーは、今は少し離れた親族席にいて、順番に両親と抱き合っている。

王太子殿下の話を聞き、大急ぎでと意気込んだチェルシーの花嫁衣装は、彼女の思いに反して仕立てるのに時間がかかった。あれもかわいい、これも似合うと口を出すのが二人もいたから仕方がない。

「オズワルド様はご自分の衣装でも考えてらしたらどう？」

「俺は式典用の隊服だと慣例で決まってるんだ。君こそ自分のドレスを決めた方がいいんじゃないか」

「わたしはチェルシーに合わせて決めるので」

なんて言い合っている俺とリリーを見て、チェルシーはよく困った顔で笑っていた。「お姉様とオズワルド様で兄妹みたいですね」なんて言われて、リリーと反発したのも懐かしい。

なんとか式に間に合ってよかったなと思っていると、人が近付いてくる気配がする。

「王太子殿下」

「やあ。今日は本当におめでとう」

「ありがとうございます。殿下もお忙しい中ご臨席を賜り感謝いたします」

人好きのする笑顔を浮かべた殿下が俺の隣に立った。彼としても、これでリリーが良い返事をくれるようになるだろうから嬉しいに違いない。心なしか上機嫌に見える。

「チェルシー、似合っているね。リリーと君で随分揉《も》めたと聞いたけれど、最終的には本人に決めさせたんだろう？」

「チェルシーが着たいものを着るのが一番ですから」

「あはは。リリーも同じことを言っていた。似ているよね、君たちは」

肯定するのは癪《しゃく》だが、かといって否定するには自覚がありすぎる。黙ってしまった俺を見て、殿下はおかしそうに笑った。

なんとなくそのまま並んで親族席を見ていると、再び殿下が口を開く。

「俺はね、実は君が寝たきりになる前からリリーのことが好きだったんだ」

「……そうなのですか？」

「ああ。君と婚約していたから言えなかったけれど」

てっきり、俺を治す方法を探すため宮廷にいる時間が増えたリリーを見初《みそ》めたのかと思っていた。

俺と彼女が婚約していた時期となるとそう昔でもないし、いつからだろう。俺の考えを見透かしたように、殿下は話し続ける。

「君たちが最後の村へ討伐《とうばつ》に行く前のことだ。リリーから面会の希望があってね。本来は父が対応するべきだったんだけれど、公務が詰まっていたために俺が代わった。なにか希望があるならできるだけ応えてやるようにと言付かってね」

危険な討伐前の面会となると、内容はいくらか想像できる。成功したときの報酬の話か……失敗した場合の後始末の話。長い歴史の中では、厄災の年に聖女が命を落としたこともあった。

「多額の報償金をねだられるか、いかにも『聖女』らしく愛でも説かれるのかと思っていたんだけど……彼女、なんて言ったと思う？」

「……まさか、チェルシーのことですか？」

「当たり！」

殿下はけらけらと笑った。本来の彼女を知った今では予想通りだが、当時の殿下はさぞ驚いたことだろう。心中察するに余りある。

「自分にもしものことがあったとき、妹が自分の代わりに担ぎ上げられたり、つらい目に遭わされたりしないよう、必ず守ってほしいと言われたよ」

「彼女らしいですね」

「ああ。俺はすごく驚いてね。聖女なんていうからには、国民全員のためにがんばっているんだと思い込んでいたんだ。でも、彼女は聖女である前に、チェルシーの姉なんだよね」

殿下の目が、柔らかい弧を描く。

「リリーは、『わたしはこの国の聖女だからではなく、あの子の姉だからこそこの国を守るのです。あの子が不幸にならないように』と言ったんだ。あまりにもまっすぐに、ためらいなく言いきったから、俺はその視線に射抜かれてしまって」

好きになってしまったんだよね、と話す殿下は、おそらく評判通りに人がよいのだろう。その立場を使えばいつだってリリーを自分のものにできただろうに、しなかった。今だって親族席に座りたいという彼女の意志を尊重している。

不意に、殿下が笑いを堪《こら》えるように口元を押さえた。間に合わなかった吐息がふふっと小さく指の隙間《すきま》から漏れる。

「聖女が妹を虐げているって噂も聞いてはいたんだけど。彼女がそうやって妹を守っていただけだとわかってからは、どうにかその愛情が正しく周りに伝わってくれないかなと思っていてね」

「その方がチェルシーも喜ぶでしょう」

大事な人を守れる人になりたいと言ったチェルシーは、いつまでもリリーが自分のために悪名を被っているのを良しとしないだろう。俺と結婚して社交の場に出るようになったら姉のすばらしさを伝えて回るのだと意気込んでいたけれど、たぶんそれは必要ないだろうと、殿下が笑った理由を見て思う。

「でも、この分だと大丈夫そうだ」

「そうですね。心配ないでしょう」

俺たちの視線の先には、ぴったりくっついた影がふたつ。ひとつは笑って、ひとつは泣いている。

――……よく晴れた日のことだ。多くの人が、妹を抱き締めてわんわん泣く聖女を見た。嬉しそうに笑って抱き締め返す妹を見た。

聖女が妹を虐げているなんて噂は、その日以来、すっかり消えてなくなったのだった。

番外編

番外編　かわいい子とは旅をせよ

「見てください！　景色が変わってきました！」

小さな窓から、鮮やかな街並みが覗《のぞ》く。馬車から見える風景に興奮した様子のチェルシーが、大きな瞳《ひとみ》をきらきら輝かせた。

かわいい、あまりにも。思わず緩んだ口元を自覚しながら相槌《あいづち》を打とうとした俺より先に、とろっと甘い声が「そうね」と言った。

「このあたりには、明るい色が瘴気《しょうき》を祓《はら》うという言い伝えがあるのよ」

「だから家の壁がこんなにカラフルなんですね！」

「ええ、そうよ」

馬車の中、俺と向かい合って座るかわいい新妻、チェルシー。そしてその隣には――……彼女の姉が、ぴったりくっついて座っていた。

「……どうして新婚旅行に小姑《こじゅうと》が同伴なんだろうな」

「新婚旅行じゃないからでしょう」

ため息交じりの俺の言葉をしっかり拾って、リリーはふんと鼻を鳴らした。実際その通りなのでぐうの音も出ないが、別にぼやくくらいはいいだろう。

結婚式を挙げた後、俺とチェルシー、そしてリリーの三人は、聖魔法の定着を行うため各地を回ることになった。今はあくまでその旅の途中である。

「むしろオズワルド様は留守番でもよかったのよ。わたしとチェルシーさえいれば、定着はつつがなく行えるのだし」

「なにが悲しくて新婚ほやほやのかわいい妻と何か月も離れて暮らさなきゃならないんだ。彼女に定着の方法を教えたのは俺だし、師としてもついていくのは当たり前だ」

「もう一人でちゃんとできるんだから問題ないでしょう？」

「万が一なにかあったら困るだろう。君は教えるの下手《へた》だしな」

俺とリリーの間に冷ややかな空気が流れ、さすがにチェルシーが口を挟んだ。

「あの……、わたしだけはしゃいでしまってすみません」

しゅんと眉《まゆ》を下げる彼女を見てしまうと、俺とリリーは高速で手のひらを返す。

「まあ、旅は大勢の方が楽しいな」

「そうね、退屈しなくていいわ」

「……！　そうですよね！　わたし、三人で来られて本当に嬉《うれ》しいです！」

ぱっと表情を明るくしたチェルシーに、俺たち二人はとことん甘い。彼女が楽しそうなら、結局はなんでもいいのだ。

王都から出たことがなかったチェルシーの目には、見るものすべてが新鮮に映るらしい。あれはなに、これはどうしてと興味津々な彼女に、魔獣討伐《とうばつ》のため訪れたことのある俺とリリーが解説をする。

始終ハイテンションだったチェルシーだが、最初の街に着くころにはいささか緊張した面持ちになっていた。

「緊張しなくても、王都ではうまくできただろう？」

「そうよ、ここでもうまくいくわ。大丈夫」

「は、はい……がんばり、ます！」

こつこつ練習を続けたチェルシーは刺繍《ししゅう》を介さなくても聖魔法を物質に定着させられるようになり、リリーの魔力も当然問題なく受け入れた。王都で初めて大きな銅像に魔力を定着させた際も問題なく成功したし、その話が流れたことで、出来損ないだなんて噂《うわさ》も消えている。代わりに「聖魔法の定着という稀有《けう》な能力を身に着けるために引きこもって修行していた」という話が出回っているらしい。

人の噂なんてものは本当にいい加減だと改めて思う。

馬車から降りると、多くの人々が出迎えてくれた。活気のある様子に安心する。

おおよそ一年半ぶりに訪れた俺とリリーに、街を代表して神父様が挨拶《あいさつ》をしてくれた。街の中心に立つ教会には正面の庭に初代聖女の銅像があり、今回はそれに聖魔法を定着させるからだ。

「ようこそお越しくださいました」

「お久しぶりです。お変わりありませんか？」

「ええ。お二人の迅速な対応のおかげで被害は最小限でしたし、復興も進み今ではすっかり平穏な日々を取り戻しています」

この街は比較的王都に近く発展しているが、水が豊かという土地柄のせいか、厄災《やくさい》の年には魔獣が集まるようになっていた。水が穢《けが》れるとあっという間に瘴気が広がるので、俺とリリーは比較的早い段階でこの土地の浄化を済ませていたのだ。

「それはなによりです。では、この平穏が長く続くよう……紹介します。妻のチェルシーです」

半歩後ろに控えていたチェルシーに視線を向けると、彼女は一歩進み出た。スカートの裾を軽く持ち上げ片膝《かたひざ》を曲げる動作ひとつにも緊張が滲《にじ》み出ていて、危なっかしいというより、もはや微笑《ほほえ》ましい。

「チェルシーと申します。こっ、このたびは、聖女像への聖魔法定着をご快諾いただき感謝いたします」

「いいえ、こちらこそ。この街の安寧《あんねい》のためにご足労いただき、ありがとうございます。どうぞよろしくお願いします」

微笑ましいと思ったのは神父様も同じだったようで、彼は穏やかな声色でいくらか世間話をして、場を和ませてくれた。チェルシーの緊張も解《ほぐ》れてきたところで、聖女像の前へと移動する。

「チェルシー、大丈夫？」

「だ、大丈夫です……いけます」

聖女像の前で深呼吸したチェルシーと、彼女の肩に手を添えたリリー。集中を切らさないために、俺は少し離れたところで見守ることにする。

チェルシーが両手で聖女像に触れる。瞳を閉じ、額を寄せるように少し前かがみになった彼女の背中をリリーの手のひらが撫《な》でた。

やがて、魔力が流れる気配がする。とはいっても周囲でそれが認識できるのは俺くらいだろう。集まっている人の目には、彼女たちがただ祈っているようにしか見えない。なにをやっているのか、あれで大丈夫なのかとざわつく人々の声がする。

幾度もの実験を通して、聖魔法で満たされたものは僅《わず》かに光り輝くことがわかった。人々もそれを見れば聖魔法が宿っていることを実感するだろうが、この聖女像の大きさを考えると、魔力で満たし終えるには小一時間かかるだろう。集中力が続くかどうか心配する俺をよそに、姉妹は二人で無事にそれを成し遂げた。

聖魔法の定着を終えたころにはすっかり日が傾いていて、今日は街で一泊することになった。盛大にもてなされた宴《うたげ》の場では、輝く聖女像を見た人々がお祭り騒ぎだった。

ようやく宿に帰っても、悲しいことに俺は一人部屋。仲の良い姉妹が当然のように同室に入っていくのをなんとも言えない気持ちで眺めた。

「……やっぱりついてこなくてもよかったかもなあ」

一人きりの部屋で、思わず本音が零《こぼ》れる。無事に定着が成功したことに安堵《あんど》したチェルシーは、その後の宴でも随分楽しそうだった。リリーと二人でやったことなので当然と言えば当然だが、彼女たちは揃《そろ》って人々に囲まれていたため、俺は遠巻きにその笑顔を眺めるはめになった。神父様や聖魔法が使える女性たちに、今後の聖女像の扱いや魔力の補充について説明する必要があったので、暇を持て余したということはなかったが。

虚《むな》しさを振り切るように頭を振った。そうだ、風呂に入ろう。

街一番の宿、その中でも最もいい部屋には当然大きな浴槽があった。お湯の出も申し分なく、しっかり魔力が補充された魔石が使われているのであろうことがわかる。

ゆっくり風呂に浸かると、いくらか気分もよくなった。……冷静に考えれば、俺より可哀想《かわいそう》な人もいるしな。俺とチェルシーが結婚したあとも、いまだリリーは王太子殿下の求婚を受け入れていない。聖魔法の定着が行えると判明した以上、その普及が先だと言うのだ。旅立つ俺たちを複雑な表情で見送っていた殿下を思い出すと、傍《そば》にいられるだけましというものだろう。

風呂から上がって、風魔法で適当に髪を乾かす。高級宿ということもあり、髪を乾かすための魔法道具も備え付けられていたが、俺の場合この方が早い。

明日には次の街に移動だし、もう寝てしまおうかと思ったところ、部屋の外に僅かな魔力の揺れを感じた。誰かがこの部屋の前でうろうろしているようだ。

「チェルシー」

「っ！　は、はい！」

ドア越しに声をかけると、魔力の主がびくりと体を跳ねさせたのがわかる。

「はは、驚かせて悪いな」

「い、いえ……あの、わたしの方こそ、すみません。こんな時間に」

笑ってしまいながらドアを開けると、寝間着にガウンを羽織ったチェルシーがいた。いくらこの階には俺の部屋と彼女たちの部屋しかないとはいえ、無防備すぎる。よくリリーが許したなと思いつつ、ひとまず部屋に招き入れた。

「お茶でも淹《い》れようか」

「いえ、あの……お姉様がお風呂に入っている隙《すき》にこっそり出てきたので、すぐ戻ります」

ああ、なるほど。先ほどの疑問が解消されたのと同時に、やっぱり無防備すぎて心配になる。いくらか人前に出るようになったとはいえ、チェルシーは相変わらず少し世間知らずなお嬢様のままだ。

「ばれると俺が叱《しか》られるやつだな」

「う……すみません」

「いや。それで、なにかあったのか？」

すぐ戻ると言ったチェルシーは、部屋に入ってすぐの場所で立ったまま、小さな声で「寝る前にオズワルド様とお話ししたかっただけです」と言った。

「……大歓迎だが、あんまりかわいいことを言われると戻したくなくなるなあ」

「だ、だめです！　お姉様に怒られます！」

「俺が、な」

「だからだめです！」

ぶんぶん首を振ったチェルシーを腕の中に閉じ込める。この際叱られても構わないから、どうかここにいてくれないだろうか。

俺と同じく風呂上がりだったのだろうチェルシーは、温かくてほんのりいい匂《にお》いがする。ぎゅうと抱き締めてその香りと体温を感じていると、やがて彼女は大人《おとな》しくなり、おずおずと俺の背中に腕を回した。

「……オズワルド様、今日はよそ行きでしたね」

「んー？　ああ、まあ、多少はな」

猫被《かぶ》りをやめることにした俺だったが、どこでだろうと完全に素の自分でいるわけではない。必要以上に誰彼構わずいい顔をすることはなくなったけれど、礼儀を欠くわけにもいかないからだ。目上の相手には畏《かしこ》まった態度を取るし、初対面から自分の内面をすべてさらけ出したりもしない。結局、気楽な態度を取るようになったのは今のところ部隊の連中相手くらいだった。最初は少し戸惑っていた彼らも、なんだかんだありのままの俺を受け入れてくれている。

今日みたいな場でよそ行きの顔をしているのは、大人としてある意味当然だ。それがどうかしたんだろうか。

「……さっき、たくさんの女の人に囲まれて、にこにこしてらっしゃいました」

「うん？　ああ、宴のときか」

思い当たるのは、先ほどのお祭り騒ぎの最中のこと。結婚してもどうやらこの顔はもてはやされるようで、いくらか女性が寄ってきた。露骨に色目を使ってくるようなのは適当にかわしていたので、チェルシーの目に留まったとすれば、聖魔法の適性がある女性たちだろう。魔力の補充のコツだとかを説明するのに、何人か集まってもらっていた。

「魔力の補充について説明していただけだよ」

「……お姉様に聞いてくだされぱいいのに」

「リリーは説明が下手だからなあ」

俺も最近まで知らなかったことだが、リリーは人に教えるのが本当に下手だ。自分の感覚を言葉にするのが苦手なようで、すぐに「ぐっとしてがっとするのよ」とか「ふわっとしたらそっとして」なんて曖昧《あいまい》な説明になる。そのためチェルシーに定着の基礎を教えたのは俺だし、今日、街中から集められた聖魔法の適性がある女性たちに詳しい説明をしたのも俺だったわけだが。

「……あんなふうににこにこしていたら、みんなオズワルド様を好きになってしまいます……」

少し体を離してチェルシーの顔を見ると、彼女は視線を逸《そ》らしたまま、拗《す》ねたように呟《つぶや》いた。

……もしかして、これは。

「ははっ！　チェルシー、君も嫉妬《しっと》なんてするんだな」

「う……、します……。今日初めてしました」

言いづらそうにもにょもにょ口を動かして、チェルシーは俺の胸に顔を埋《うず》めた。くぐもった声で「すみません」と聞こえたので、彼女が自分の中に芽生えた感情に罪悪感を抱いているのだろうと察する。

チェルシーは、俺とリリーが軽口を叩《たた》き合っていても妬《や》いている様子は一切なかった。むしろ「大好きな二人が仲良しで嬉しい」とまで言ってくるくらいで、俺としては複雑だったほど。リリーは嫉妬の対象ではないし、俺がチェルシーの傍を離れて別の女性といるなんてことはこれまでなかったから、彼女が言う通り本当に初めての感情なんだろう。一度だけマリアと特別な関係なのかと聞かれたことはあったが、あれもやきもちではないと言っていたし。

「謝るのは俺の方だろう？　悪かった、気を付けるよ」

「いえ……わたしのわがままです。すみません」

柔らかい髪を撫でると、チェルシーはゆっくり顔を上げた。

「オズワルド様に変な気がないことはわかっていたんです。でも、もやもやしてしまって……」

「うん。素直に話してくれて嬉しい」

髪を撫でていた手のひらを滑らせ、彼女の頬《ほお》に添えた。指先で撫でるとくすぐったそうに細くなった目元が愛《いと》おしい。

「俺が好きなのは君だけだ。心配になったらいつでもわからせてあげよう」

「どうやってですか？」

「こうやって」

反対の手のひらも頬に添え、両手でチェルシーの顔を包み込む。ちゅ、と音を立てて額に口付けると、彼女はわっと声を上げた。

「オズワルド様！」

「んー？　足りないか？」

「ち、違います……！」

とんとん俺の胸を叩く小さな抵抗を無視して、熱くなりはじめた顔中にキスを降らせる。一応すでに夫婦だというのにあまりにも慌てているのがかわいくてくすくす笑ってしまうと、からかわれたと思ったチェルシーは一層抵抗して俺から逃れようとした。

「オズワルド様！　もう……わかったのでやめてください！」

「はいはい」

「聞いていませんね!?」

「聞いてる聞いてる」

「もう～！」

　俺が瞼《まぶた》にまで唇を寄せるので、チェルシーは目を開けていられないらしい。きゅっと目を瞑《つむ》ったまま、真《ま》っ赤《か》な顔でぷんぷんしている。

「はあ……、かわいいな。けど時間切れみたいだ」

「え？」

　できることなら朝までこうしてかわいがっていたいところだが、廊下の向こうからすごい勢いで近付いてくる気配を感じて唇を離した。人より魔力量が多い分、遠い場所からでもよくわかる。朝までチェルシーをかわいがるなんて、彼女が許してくれるはずがない。

「仕方ないな。おやすみチェルシー、愛してるぞ」

「オズワルド様……？　んっ！」

　リリーが押し入ってくる直前に、チェルシーの唇に口付けた。

　どうせ怒られるんだ、最後にもう少しいい思いをしたって構わないだろう。

　深夜の高級宿に怒号が響くまで、あと五秒。

番外編　陽だまりの日々

閉じた瞼《まぶた》の向こうに、柔らかなお日様の光を感じます。誘われるように目を開ければ、今日も素敵な一日の始まり……なのですが。

「ひゃ……っ」

目を開けた瞬間に、何度見ても見慣れないほど美しいお顔が飛び込んできて、思わず声を上げてしまいました。慌てて口を押さえたものの、オズワルド様は眉間《みけん》に少し皺《しわ》を寄せ「んん」と唸《うな》ってしまって……ど、どうしましょう……。

口を押さえたまましばらくじっとしていると、やがてオズワルド様はまた穏やかな寝息を立て始めました。よかった……。せっかくぐっすり眠っているのに、起こしてしまっては申し訳ないです。

マリアさんが呼びに来るまで、起こさないように気を付けましょう。そろそろと口元から手を離して、改めてオズワルド様のお顔をじっと見ます。

結婚を機に、わたしたちは同じ部屋で眠るようになりました。オズワルド様は人の気配に敏感なので、わたしがいてはゆっくり休めないかもしれないと遠慮しようとしたのですが……オズワルド様が頑《かたく》なに譲らなかったので、結局こうして一緒に眠っています。わたしは魔力量が少ないので、隣で眠っていてもあんまり気にならないそうです。自分に魔力がなくてよかったと思ったのは初めてのことでした。

とはいえ、結婚してすぐに聖魔法を定着させるため国中を回り始めたので、こうして隣で朝を迎えるのは、実はまだ数えるほど。とてもじゃないけれど、目を開けてすぐオズワルド様の整ったお顔が目に入るこの状況には慣れていません。

頬《ほお》に影が落ちるほど長い睫毛《まつげ》。僅《わず》かに寝息が漏れる形のいい唇。神様に特別愛されて生まれたような美しさは、寝息さえ聞こえてこなければ作り物にすら見えます。高い鼻も、左右対称の二重も羨《うらや》ましい。

こんなに美しくて、心根も優しい人が、わたしを愛してくれるようになるなんて思いもしませんでした。

◇

初めてお会いしたのは、お姉様と婚約することになって我が家に挨拶《あいさつ》に来てくださったときのこと。オズワルド様のお姿を見て最初に思ったことは、「お姉様に似ている」でした。

もちろん男女の体格差はあります。オズワルド様はお姉様よりもずっと背が高くて、筋肉もついています。けれど、腰まで伸ばしたプラチナブロンドの髪や、まっすぐ背筋を伸ばして立つ姿が、聖女としてあるお姉様の姿に重なって見えたのです。

――……とってもお似合いです。

大好きなお姉様が婚約することを、嬉《うれ》しくもどこか寂しく思っていたわたしは、あまりにもお似合いな二人を見て「この二人が揃《そろ》っていたら、人々が囃《はや》し立てるのも仕方がない」と納得してしまいました。

実はお姉様があまり乗り気でないということも聞いていましたが、それでも、まるでもともとペアで生まれてきたかのように、並び立つ二人は収まりがよかったのです。

お父様に紹介されてご挨拶をすると、オズワルド様はエメラルドグリーンの瞳《ひとみ》を細め微笑《ほほえ》んでくれました。本当に綺麗《きれい》な人……。こんなに綺麗で優しそうな方が、とっても強くて魔獣にも負けなしだという話は、どこか信じられない気もします。

――……そんなに強いというなら、お姉様のことも守ってくれるといいのに。

心の中で、こっそりそう思います。聖女である以上、魔獣討伐《とうばつ》と土地の浄化のためにお姉様が各地を回るのは仕方のないことです。おおらかで少し能天気なところがある両親はお姉様に全幅の信頼を寄せていましたが、わたしはいつも不安でした。怪我《けが》をしてしまわないか、魔力の使いすぎで具合が悪くなってしまわないか、向かった先でつらい思いをしていないか……考えて眠れない日もありました。厄災《やくさい》の年なんて早く過ぎ去ってくれればいいのに。終わったら、お姉様はこの人と結婚してうちを出ていってしまうのかもしれませんが。

考え出すと気分が落ち込みます。自然と下がってしまった視線の前に、ふと影が差しました。

オズワルド様が、目を合わせるために少し背中を丸めてくださったようです。

「突然お邪魔して、驚かせてしまってすみません」

「いっ、いえ」

びっくりして返事をする声が上擦《うわず》ってしまいましたが、オズワルド様は特に気にした様子はありません。穏やかな微笑みを浮かべたまま、「君みたいなかわいらしい子が義妹になるなんて光栄だな」とおっしゃいます。お世辞だろうとはわかっても、見ず知らずの人と話すのが十年ぶりくらいのわたしは上手に返すこともままならず、不器用にお礼を言ってまた下を向いてしまいました。

わたしは根っからの人見知りです。小さいころから家でも外でもお姉様の後ろに引っ付いていましたが、人見知りを拗《こじ》らせた結果、ついに家から出なくなったのは六歳のころのこと。

決定的な出来事が起きたのは、子供たちだけのささやかなお茶会の場……とはいっても、もちろんお母様たちだって近くにいたのですが。少し歳《とし》が離れているお姉様はその日参加していなくて、わたしは一人ぽつんと佇《たたず》んでいました。輪に入れてと言うこともできず、ずっと俯《うつむ》いていたのです。

やがて一人の男の子が声をかけてくれました。それをきっかけに何人かがわたしの周りに集まり始めましたが、わたしはろくに返事もできず……苛立《いらだ》った男の子に突き飛ばされてしまいました。

尻餅《しりもち》をついたわたしを見て、みんなが笑いました。大丈夫かと声をかけてくれた子も、今思い返せばいたのかもしれません。でも、それすらも聞こえないほどパニックになり大泣きしながら帰ったわたしは、以来人と関わることを避け続けています。

――……お姉様と結婚する方に、失礼な態度を取ってしまっている。

愛想笑いのひとつでも浮かべればいいのに、それすらできない自分が情けなく思えます。なにか言わなきゃと思えば思うほど、言葉がうまく出てきません。思わずお姉様に視線を向けると、どう助け舟を出そうか悩んでいるのか、なにか言いたげな顔をしていました。

きっとオズワルド様はそのとき、わたしがお姉様を見たことに気付いたのだと思います。とても自然に、お姉様の話をしてくれました。

「リリーはとても優秀なので、私はいつも助かっているんです。まあ、彼女がすばらしい魔法使いであることは、君の方がよく知っているかもしれないけれど」

このころのオズワルド様は、ご自分のことを『私』とおっしゃっていました。猫を被《かぶ》っていたのでしょう。わたしはそれに気付きませんでしたし、他にもっと引っかかる言葉がありました。

「……そう、ですね」

優秀だから、魔力が強いから大丈夫だと……この人も言うのだろうか。

わたしのそんな静かな憂鬱《ゆううつ》は、続く予想外の台詞《せりふ》で吹き飛びました。

「だが、彼女が立ち向かってくれている場所ではなにが起きるかわからない」

「……え？」

思わずぱっと顔を上げてしまいます。再び目が合って、オズワルド様の目尻が下がりました。

「だから、いざというときは、私が君の大切なお姉さんを守るよ。これから討伐へ向かう頻度はさらに高くなるし、長く帰れないことも出てきて心配だろうけど、私が必ず無事に、君のもとへ連れ帰ると約束しよう」

その言葉を聞いた途端、胸の中に強く風が吹いたような気がしました。目の前がきらきらして、ただでさえ美しいオズワルド様が一層格好よく見えたのです。

自分の頬が熱くなるのがわかり、わたしは慌てて顔を逸《そ》らしました。逃げるように自室に戻ったあとも頬の熱はなかなか引かず、心臓もばくばく鳴っています。

――……王子様、みたいでした。

ふらふらと机に向かって手に取ったのは、古い絵本。仲良し兄弟が怪物退治の旅をするその物語の中で、兄弟を助けてくれる強くて優しい王子様がいました。

こんな人が、現実にも存在するなんて。

どきどきが止まらない胸を押さえるように、絵本をぎゅっと抱き締めました。


お姉様がある村で危険な目に遭ったと聞いたのは、それから三か月後のこと。オズワルド様が庇《かば》ってくださったおかげで事なきを得たという手紙が先に届いていましたが、わたしも、さすがの両親もお姉様の顔を見るまでは安心できませんでした。

帰ってきたお姉様には、傷ひとつありませんでした。しかし、これまで見たことがないほど動揺していたので、わたしも両親もとても驚いたのです。

お姉様が言うには、オズワルド様はお姉様を庇って大怪我をして……魔力まで失ってしまい、自力で立つこともままならないというのです。「わたしのせいよ」と自責するお姉様の隣で、わたしも動揺が隠せませんでした。

——……本当に、守ってくださった。それも、命がけで。

感謝の思いと同じくらい、オズワルド様のためになにかできないかという気持ちが湧《わ》いてきました。

お姉様の命の恩人です。どうにかお役に立ちたいと思うのは当然のことでした。

それを伝えると、お姉様はしばらく考える素振りを見せてから「それなら、あなたが婚約者になりなさい」と言いました。

「ど、どういうことですか……⁉」

「わたしの代わりに婚約者としてオズワルド様のところへ行くの。ちょうどいいでしょう」

ちょうどいい、というのは、お姉様がわたしの恋心に気付いていたから出た言葉です。初対面のあの日以来、わたしはどうしてもオズワルド様のことが気になっていて……お姉様はそれを知っていました。

周囲の士気を下げないために婚約を受けたけれど乗り気ではない、厄災の年が終われば円満に婚約解消したいと思っている……と言っていたお姉様は、以前から冗談交じりに「そうなったらラブレターでも書いてみたら？」なんて話していました。自分で言うのもなんですが、お姉様はわたしのことが大好きなので、本当に冗談だったと思うのですが。

まさかこんな展開になるとは思わず混乱するわたしに、お姉様は言いました。

「いずれ解消するつもりの婚約だったのよ、多少早くなったって同じことだわ」

「で、ですがこんなタイミングでは……」

オズワルド様は、体を張って守ったお姉様に見限られたと思うでしょう。ましてや、妹のわたしが代わりになるなんて……よく思わないに決まっています。

「大丈夫よ。オズワルド様も、きっとわたしのことはよく思っていない。妹を虐げているって噂《うわさ》も聞き及んでいるはずだから、あなたのことも無下にはしないでしょう」

「妹を虐げている……？　ど、どうして……」

わたしはこのとき初めて、お姉様が外でわたしのことをどう話しているのか知ったのです。わたしを守るために悪く言っていたと、謝ってくれました。

てっきり、わたしは病弱だから引きこもっているとか、そんなふうに言われているのだと思い込んでいました。でも、それだけでは「聖女の妹」として担ぎ上げられる可能性が消せないから……お姉様がわたしを嫌っていると周囲に印象付ける必要もあったのだと言います。

涙が止まらなくなりました。そうまでして守られていたことに気付きもせず、ぬくぬく育っていた自分が情けなかったのです。

謝るお姉様の言葉を遮りました。謝るのはわたしの方です。わたしを悪く言うことで、強くて優しいお姉様が、誰よりわたしを愛してくれるお姉様が、冷たい人だと思われることもあったでしょう。嫌な顔をされることもあったでしょう。申し訳ないなんて言葉じゃ足りません。

ここで一方的な婚約破棄までですると、ますますお姉様が矢面に立つことになるのではと思って、わたしは抵抗しました。しかし、お姉様は「そんなことはいいの」と言いきります。

「わたしは、オズワルド様が回復する手立てを探します。あなたはその間オズワルド様の傍《そば》にいて、あの人の役に立つの」

「で、でも」

「できる？　ほとんど見ず知らずの人の家に行くのよ。無下にはされないでしょうけど、快く迎えてもらえるとも限らない。頼れる人もいない。そんな場所でも、あなたはオズワルド様のためになにかしたいと思えるの？」

これまでのわたしだったら怯《ひる》んでしまうような言葉でした。でも、その言葉が逆にわたしを奮い立たせたのです。

「で……、できます。やります！」

もしかするとお姉様は、わたしがそう言った理由を恋心からだと思ったのかもしれません。実際は少し違います。

大好きなお姉様の命の恩人に報いたいという気持ちが半分。いつまでもお姉様に守られて、なにもできないままの自分ではいけないという気持ちが半分でした。

渋る両親を説得し、いくらか口裏を合わせてオズワルド様のお屋敷に向かうことにしました。お姉様は自分に虐げられていたふりをして同情を買いなさいと口を酸っぱくして言いましたが、わたしは自分がそうは振る舞えないだろうと気付いていました。お姉様の話はどうにか避けよう。きっと同情を買った方が親切にしてもらえるのでしょうけど、自分のせいでこれ以上お姉様が悪く思われることは許せません。

お屋敷で再会したオズワルド様は、以前の印象と随分違いました。柔らかな微笑みを浮かべていた口元から、投げやりな言葉が零《こぼ》れます。「これが素だ」と言ったオズワルド様は、わたしがその態度の差に驚いているのだと思ったのかもしれませんが……わたしがショックだったのは、やはりそのお姿の方でした。お顔に残った大きな傷は塞《ふさ》がっているものの、あまりにも痛々しく、薄暗い瘴気《しょうき》に覆われたまま。お姉様がどんなに危険な場所で戦っていたか……そして、オズワルド様がどれだけ必死にお姉様を守ってくださったかがわかって、胸が苦しくなりました。

人見知りはそう簡単に克服できるものでもなく、環境の変化に緊張が止まりませんでしたが、必ずここでお役に立ってみせようとわたしは決意したのです。

以前の印象とは異なりましたが、オズワルド様は基本的に親切でした。今思えば役に立とうと意気込むあまりから回っていたところもあるわたしに、むしろオズワルド様の方が付き合ってくださっていたのです。

突然押しかけたわたしに対して、オズワルド様だけではなく、マリアさんをはじめ使用人のみなさんも親切でした。退屈だろうからと刺繍《ししゅう》道具を用意してくださったり、お屋敷にあるたくさんの本を好きに読ませてくださったり。お姉様のことは、意外にもあまり深くは尋ねられませんでした。それもわたしを気遣ってのことなのだろうと思います。

もっとオズワルド様のお役に立ちたい。リボンを贈ろうと思ったのはそんな気持ちからでした。お食事のとき、しばしば髪を耳にかける仕草をなさっていたのが気になっていました。長年引きこもっていたために上達した刺繍は、わたしの数少ない特技のひとつです。まさかその刺繍に魔法が宿るなんて思ってもみなかったので、オズワルド様に指摘されたときには随分驚きました。

リボンを贈ってからしばらくして、オズワルド様とも随分打ち解けたころ、僅かながらオズワルド様の魔力が戻り始めました。嬉しくてわんわん泣いてしまったことは、子供みたいで恥ずかしかったなと思います。

オズワルド様が元気になる方法を一生懸命探しているであろうお姉様にもこのことを伝えたいと思いましたが、よほどのことがない限り連絡はしないようにと言われていました。自分を虐げていた姉にわざわざ連絡を取ろうとするのはおかしいから、と。

オズワルド様のお屋敷に移ってからしばらくは、気負いと緊張で毎日いっぱいいっぱいでしたが……オズワルド様に回復の兆しが見え始めたことで、いくらか心に余裕が生まれました。するとお姉様のことを考える時間も増え、会いたくて堪《たま》らなくなりました。

ほんの少しだけど、お姉様と同じ聖魔法が使えたこと。お姉様がおいしいって言ってくれたパウンドケーキを、オズワルド様にも褒めていただいたこと。わたしの手から、小さな虹《にじ》が生まれたこと。それから――……ほとんど憧《あこが》れのような気持ちだった淡い想《おも》いが、少しずつ本物の恋心になっていること。

話したいことはたくさんあって、気が付くとため息になって零れていました。そんなわたしを外に連れ出してくれるようになったオズワルド様は、わたしのことをきちんと婚約者として扱ってくださいます。手を握ってくださったり、抱き締めてくださったり。そうされるたびに跳び上がるほど嬉しくなって、同時に悲しくなりました。

この優しさを受け取るのはお姉様のはずでした。お姉様を悪者にしたまま自分がここにいることが、やっぱり苦しくなったのです。

オズワルド様に本当のことを話そうかとも思いました。しかし、そうするとわたしを送り出してくれたお姉様の気持ちを無下にすることになります。結局どうすることもできずに日々は過ぎていきました。

オズワルド様はわたしをいろんな場所に連れていってくれましたし、魔法についても詳しく教えてくださいました。ずっと引きこもっていたわたしにとって、外の世界は目に映るものすべてが新鮮で興味深いものでした。実は、魔法もそのひとつです。

お姉様は、魔力がほとんどないわたしを気遣ってか、家ではあまり魔法を使いませんでした。魔石への魔力の補充などもお姉様が行っていたはずですが、わたしの前でやってみせたことはありませんし、そもそも魔法に関する話もほとんどしたことがありません。

それがお姉様の優しさだとわかっていたので、わたしから魔法について尋ねることもありませんでした。きっとお姉様を困らせてしまうと思ったからです。

知れば知るほど、魔法は面白いものでした。わたしにももっと魔力があればと思うこともありましたが、少ない魔力しかなかったからこそオズワルド様の回復の助けになれたのだと思えば、いくらか自分が誇らしくなりました。大好きな人の役に立てたという経験は、自分をほんの少し強くしてくれます。

本当にこのままでいいのだろうかと思い始めたのは、オズワルド様が育った孤児院を訪れたころでした。

いっしょに遊んでいた子供の一人が、オズワルド様のことを怖いと言ったのです。あのころのオズワルド様は、魔法で瘴気こそ見えなくしていたものの、お顔の傷はそのままでした。小さな女の子が怖いと思ってしまうのも、無理はないことでした。

あの傷はわたしの大事な人を守ってくれた証《あかし》なのだと言うと、幸いにも女の子は「そうなの？じゃあやさしいひとなんだね」と言ってくれました。後ほど合流したオズワルド様に怯《おび》えた様子もなかったので安心したのですが、その出来事は、オズワルド様に本当のことを話すべきだと思うきっかけのひとつになりました。

大切な人が誤解されたままなのは、悲しい。お姉様が本当はわたしを大事にしてくれていることも、オズワルド様を心配しているということも、知ってほしいと思い始めました。ただ、そのころにはわたしはもうすっかりオズワルド様のことを好きになっていて……すべてを話すのが怖いとも思ってしまったのです。

オズワルド様がお姉様の話題を避けてくださっていることには気が付いていました。お姉様が言うように、妹を虐げているという噂を聞いていたのでしょう。もしそれが嘘《うそ》だとわかったら……騙《だま》すように転がり込んできたわたしのことを、疎ましく思うかもしれません。そもそも人との関わりを避けていたわたしにとって、「嫌われるのが怖い」というのは初めての感情でした。

覚悟を決めたいと思って、伝えるのを先延ばしにしてしまいました。聖魔法について、お姉様と協力すればもっと大きなものにでも定着できるのではないかと閃《ひらめ》いたのもこのころで、それについて調べたいからという理由もありました。魔導書を読み漁《あさ》るよりオズワルド様に相談した方が早いでしょうにそうしなかったのは、きっと心の中で、調べものがあるというのを言い訳にしていたかったからなのだと思います。

事態が一転したのは、マリアさんと二人でお買い物に出かけた日。

お姉様が王太子殿下を袖《そで》にしているという噂を聞いて、わたしは頭が真っ白になりました。お姉様はどうしてそんなことをしているのでしょう。王太子殿下を良く思っていないから？　オズワルド様が回復なさるまでは自分の幸せを考えられないから？

それとも――……本当は、オズワルド様のことが好きだったから？

その可能性に思い至ったとき、自分が嫌われるかもしれないなんて怯えている場合ではないと思いました。

わたしはまた、お姉様を犠牲にしてぬくぬくと生きている。お姉様が悪者のお面を被っているだけでなく、自分の気持ちまで押し殺しているとしたら……わたしは、自分のことが許せません。

真実を知ったら、オズワルド様に嫌われるかもしれない。わたしよりもお姉様のことを好きになるかもしれない。それでもいいと思ったのです。二人とも大好きで、同じくらい大切だから。

◇

結局わたしがその思いを口にできたのは、お姉様が突撃してきてオズワルド様と揉《も》めてからでした。ぐずぐずと泣いてしまいすぐに言葉にできなかったせいで、二人が喧嘩《けんか》をしそうになったことは申し訳ないのですが……今ではすっかり笑い話だったりします。

オズワルド様の寝顔を見ながらたった一年前のことを懐かしく思っていると、突然空気が揺れました。

「ふ……、っふふ」

「……？」

「そう見られていると、さすがに気が付くなあ」

「わっ！」

突然ぐいっと引き寄せられて、あっという間にオズワルド様の腕の中です。

「オズワルド様！」

「おはよう、チェルシー」

ぎゅうっと抱きすくめられ、慌てて体を反らし離れようとすれば、今度は至近距離で目が合ってしまいます。途端に自分の頬が熱くなるのがわかりました。

「……君は本当に俺の顔が好きだなあ」

「ち、違います！」

「違うのか」

「ち……違わないです……けど」

エメラルド色の目が細くなって、オズワルド様は意地悪な顔で笑いました。なんとか「お顔以外もです」と伝えれば、その手が満足そうに頭を撫《な》でてくださいます。

「早起きだな、待たせたか？」

「さっき起きたところですよ。マリアさんもまだ来てませんし」

「そうか。出かけるのが楽しみで早起きしたのかと思った」

「それは……あるかもしれませんけど」

今日は久しぶりのお休みで、オズワルド様とお出かけする約束をしていました。わたしはどちらかというと朝が強い方ですが、楽しみだという気持ちが余計に早く目を覚まさせた可能性も十分あります。

素直にそう言うと、オズワルド様はくすくす笑って「なら起きよう」とベッドを出ました。わたしの額にしっかり口付けをひとつ落としてから。

赤くなる顔をお布団で隠していたい気持ちを堪《こら》え、わたしも起き上がります。ベッドを抜け出すときに、寝間着の裾から自分の膝が見えました。そこには古い傷跡があります。

これは昔、実家の庭で転んでできた傷です。幼いわたしは絵本に憧れて、よく冒険ごっこをしていました。あるとき派手に転んでしまい、運悪く石の上だったので、それなりに深く大きな傷が残ったのです。こんな傷を残したままでいることは、仮にも貴族令嬢としてはよくないことなのでしょうが……わたしにとってこの傷は、お姉様との思い出です。

当時、お姉様はまだ治癒魔法を使いこなせていませんでした。痛みで泣いてしまったわたしよりも大泣きしながら、わたしの傷が治せないと悔しがっていました。

『チェルシーが痛いのよ。かわいそうだわ』

どうにかしたいの、とわんわん泣きながらわたしを抱き締めてくれたお姉様を見て、わたしは涙が引っ込んだのです。お姉様が本当はわたしと同じくらい泣き虫だということを知ったのは、このときでした。のちに治癒魔法を使いこなせるようになったお姉様に、何度も治そうと言われましたが……昔からお姉様に大事にしてもらっていた証拠みたいに思えて、断り続けていました。

結婚する前に、ずっと隠していたこの傷のことをオズワルド様に打ち明けました。結婚するならさすがに消した方がいいと覚悟してのことでしたが、わたしの話を聞いたオズワルド様は残していて構わないとおっしゃいました。「俺以外が見える場所でもないのだし」と冗談交じりに笑ってくださって、この傷ごとわたしを受け入れてくださったのです。

幼いころ、膝のちょうど真ん中にあった傷は、背が伸びるにつれ少しずつ上へと移り、随分薄くもなりました。魔法を使わなくても、いずれ消えてしまうのだと思います。それでも……あのときの温かい気持ちも、お姉様の愛情も、受け入れてくれたオズワルド様の優しさも、わたしはきっと忘れないでしょう。


「あんまり早く迎えに行くと、お姉様はびっくりしてしまうかもしれません」

「まだ寝ていたら置いていこう。俺は君と二人がいい」

「オズワルド様ったら、またそんなこと……」

「結構本気で妬《や》いてるからな」

「ふふ」


オズワルド様とお姉様がまた軽口を言い合うのを想像して、口元が緩んでしまいました。わたしは二人が仲良しだととっても嬉しいのですが、二人は複雑みたいです。


「オズワルド様」

「うん？」

「わたし、オズワルド様もお姉様も大好きです！」


やっぱり今日も、素敵な一日の始まりです。

番外編　夢のかたち

夢を見た。女の子の夢だ。柔らかな光の中で、笑っている女の子の夢。楽しそうで、あたたかそうで、俺もそこへ行きたいなと手を伸ばす。そんな、俺の夢の話だ。


「――……殿下、アーノルド殿下」

「……うん、起きた。起きたよ」

控えめなノックの音と、続く声に返事をすれば、やがてメイドが数人と側近のジョシュアが入ってきた。

「珍しいですね、いつもならわたしが来る前には起きてらっしゃるのに」

「んー……、夢を見ていた」

「どのような？」

「幸せそうな夢だったよ」

「他人事《ひとごと》ですね」

「はは」

たしかに、どこか他人事っぽい夢だったなと思う。女の子は知り合いでもなんでもない。なにかの予兆にしてはぼんやりしすぎているし、願望にしては身に覚えがなさすぎる。

「大切にしてくださいよ、あなたが見る夢なのだから」

「わかってるよ」

答えながら、ベッドの上で大きく伸びをした。

俺の名はアーノルド。この国の王族は姓を持たないから、ただのアーノルドだ。父である国王陛下が治める国で、王太子という身分をしている。

王族にはいくつか、他と違う特徴がある。ひとつ、その体に強い魔力が宿ることはない。ふたつ、代わりにとでも言えばいいのか、人よりも視力や聴力が優れている。みっつ、未来に関わる夢を見ることがある。他にもあといくつか。

どの特徴にも一応、古くからの理由がある。強い魔力を持たないのは、その力を持って民を虐げることがないように。よく見えよく聞こえるこの目と耳は、多くの民を見て多くの声を聞くために。夢を見るのは、この国をより良い未来に導くために。

つまり、ほどほどの魔力を持ち、ちょっと人より目や耳がよく、たまに不思議な夢を見る、それが俺だった。

それにしてもぼんやりとした夢だった。もっとはっきり未来を見ることもあれば、死者が枕元に立って助言をくれることなんかもあるので、今日の夢は王族特有のものではなく、本当にただの「夢」なのかもしれない。

「んん……」

「しっかりなさってください。今日はご公務の前に聖女との面会もありますよ」

「ああ……そうだった」

メイドに身なりを整えられながら、今日の予定を聞き流す。そうだった、聖女から面会の希望があって、父の代わりに対応することになっているんだった。

今世の聖女、リリーというのは、俺より二つ年下の二十一歳らしい。カーヴェル伯爵家の長女で、強い魔力の象徴であるプラチナブロンドの髪をしている。パーティーで何度か見かけたことがあるし、王家主催の場では両親とともに挨拶にも来ていたはずだが……はて、目は何色だっただろう。聖女としての能力は高く、勤勉で人当たりもいいそうだが、ひとつだけあまり良くない噂《うわさ》がある。まあ、そういった類《たぐい》の話は、俺は自分の目で確かめるまであまり信じないようにしているのだが。

「討伐《とうばつ》に発《た》つ前に嘆願か……」

「どんなおねだりでしょうね」

忙しい父からは、よほどのことでないならできる限り叶《かな》えてやるようにと言われている。周期的に魔獣が湧き出る土地を浄化できる聖女という存在は、この国ではそれだけ重宝されているということだ。

「まあ、聞いてみればわかるさ」

「おっしゃる通りで」

魔獣被害があった地域の復興支援だなんだで俺もそんなに暇ではないが、国のために戦ってくれている彼女には、尽くせる礼儀は尽くさねば。

ろくに話したこともない。聖女というのは、どんな人となりをしているのだろう。王太子である俺よりも広い心と深い愛を持って、国を思っているんだろうか。学ぶこともあるかもしれないなと、少しだけ興味があった。

謁見《えっけん》の間に入ると、すでに聖女が膝《ひざ》をついていた。正面の椅子《いす》に腰かけて「顔を上げてくれ」と声をかける。

「恐れ入ります」

「楽にしてくれて構わない。この一年、国のために尽くしてくれたことに感謝する」

「身に余るお言葉をいただき光栄でございます。ですが、わたしは自分にできることをしたまでです」

殊勝な態度に感心する。やっぱり、聖女とはそういうものなんだろうか。

俺にとって愛とは、広く分け与えるものだ。この国の王族として、民を愛することはある種義務でもある。それを嫌だと思ったことはないし、実際、国を思ってできることはしてきたつもりだ。賢王と名高い父の背を、なんとか走って追いかけている。

でも、それだけだ。民の暮らしが良くなれば嬉《うれ》しいし、俺の功績だと称《たた》えてもらえばやりがいもある。だが心のどこかで、義務だからそうしているだけだって声がする。広くて深い愛なんて持ち合わせていないのに、さもそんなことはないって顔で手を振って、偽善を行っている。そんな感覚が、あるのだ。

愛を知らないとは言わない。母は俺が三歳のときに他界しているが、そのぶん父や乳母《うば》が大事にしてくれた。ジョシュアをはじめ周囲の人間にも恵まれていると思う。でも、それとこれとは少し違った。いつだって、自分の愛には疑問が残る。

聖女は、俺と違うのだろうか。義務だからそうすべきである俺と違って、本物の広い愛で民を救い、守ろうとしているのだろうか。すごいことだと思うけれど、同時に俺には無理だろうとも思う。

「次の村で、被害が大きい土地の浄化は完了するそうだね。だが、状況はあまり良くないと聞いている」

「はい。ですので、出立の前に折り入って殿下にお願いがあってまいりました」

ここ三日ほどで状況が悪化したという村にはすでに騎士団と魔導士を派遣していて、住民の避難も完了している。しかし、いかんせん魔獣の数が多く苦戦しているらしい。田畑や家を荒らし回られては、その後の住民の生活にも影響がある。早急に対処する必要があるということで、聖女は昨日他の村から戻ったばかりだというのに、この後にはもう出発するそうだ。

「可能な限り叶えるようにと、陛下からも仰せつかっている。申せ」

「感謝いたします。……今回の討伐は、厳しいものになると考えています。大型の魔獣が出現しているそうですし、山間部で戦いづらい上に浄化すべき土地は広大です。ですから、万が一もあるかもしれないと覚悟しているのです」

万が一。まだ若い彼女が背負うには重い覚悟だと思う。歴代トップクラスの魔導士と名高い、魔導部隊の隊長オズワルドが同行するらしいが、それでもと思ってしまう状況ということか。

「ですので、お願いです。わたしにもしものことがあったとき、妹に不自由をさせないでください」

「ああ、わかっ……、ん……？」

「妹に不自由をさせないでください」

「ああ、いや、うん、聞こえてはいるんだが」

耳いいしな、俺。そうではなくて。

「……妹……？」

「はい。四つ下のチェルシーといいます」

そういうことでもなく。ぽかんとしたままの俺を置いて、聖女は話し続ける。

「妹は根っからの人見知りで、ほとんど社交の場に出ていません。また魔力も少なく、当然戦う術《すべ》など持たないのです。両親は妹を愛していますが、いかんせん二人ともちょっと抜けているので、うまいこと他人に利用されないとも言いきれません。わたしがいなくなったあと、妹がわたしの代わりに担ぎ上げられたり、逆に虐げられたり、ましてや路頭に迷うことなど決してないように、妹を守るとお約束してほしいのです。あの子に、悲しい思いをさせないでほしいのです」

一気に話した聖女は、少し吊《つ》り目がかった薄緑の瞳でまっすぐ俺を見た。ああ、こんな色だったなと頭の端で思いながら、その意志の強さに驚いた。

国が傾くほど莫大な報償金をねだられるとまでは思っていなかったが、むしろそちらの方が驚かなかったかもしれない。よりにもよって、妹とは。だって。

「……君は、妹のことをあまりよく思っていないのではなかったかな」

「いいえ。わたしは、あの子が世界で一番かわいいんです。わたしはこの国の聖女だからではなく、あの子の姉だからこそこの国を守るのです。あの子が不幸にならないように」

隣に立っていたジョシュアがちらりと俺を見る。聖女が出来損ないの妹をよく思っていない、という噂は、時折流れてくるものだった。ジョシュアに小さく頷《うなず》いてから、視線を聖女に戻した。

「わかった。約束しよう」

「……信じていただけるんですか？」

「君が妹を案ずる気持ちを？」

「ええ」

今度は彼女の方がぽかんとしたので、種明かしをする。

「俺には、人の嘘《うそ》がわかる」

「え？」

「経験や感覚でなんとなく、というレベルではない。王族の血によるものだ。君の言葉には嘘がないと感じたから、俺は約束を守ると誓おう」

「……そのようなお話を、わたしにしても？」

「いいさ。噂程度に思われているが、上位貴族の中には知っている者もいる」

ジョシュアの視線が突き刺さっているので、あとで多少怒られることはあるかもしれないが。

衝撃だった。聖女の言葉には嘘がなく、おそらく、不仲の噂も妹を匿《かくま》うためだったのだろうと思う。

聖魔法は昔から心根が正直で清らかな者に宿りやすいというから、歴代聖女を多く輩出している
カーヴェル伯爵家は、つまりそういう気質の人間が多いということだ。人がよいぶん利用されてきた面もあるのだろう。王に見初めら《めと》れ娶られた聖女も一人や二人ではないのに伯爵家止まりというのも、

地位や権力に頓着《とんちゃく》がないということの表れなのかもしれない。「ちょっと抜けている」と言っていた聖女の両親、現カーヴェル伯爵夫妻のことを思い出せば、たしかにいつもにこにこと穏やかな二人だった。少々失礼だが、心配に思う気持ちもわからなくはない。

「君の妹に苦労はさせないと誓おう。もちろん、伯爵家にも」

「ありがとうございます」

聖女が深く頭を下げたところで、ジョシュアから声がかかる。部隊が出発する時間が近いそうだ。

「それでは失礼いたします」

「ああ。……リリー」

部屋から出ていこうとする背中に声をかけると、彼女は水色のワンピースを翻して振り向いた。

「約束は守る。だが、決して死にに行くようなことはするな。危ないと思ったなら引いていい。オズワルドや騎士団もいるのだから、一度引いて態勢を立て直すこともできるだろう。捨て身で戦うようなことは……」

「殿下はお優しいのですね」

大丈夫ですよ、と彼女は言った。

「こうして念のためにお願いには参りましたが、易々《やすやす》と死ぬつもりはございません。わたしが死ねば、妹が悲しみますから」

「……そうか」

自信満々に言いきる様子を見て、妹も彼女のことが好きなのだなと思う。相思相愛というやつかと、ほんのり胸が温かくなる。

「わたしは、妹に悲しい思いをさせたくありません。その気持ちはとっても、無敵なんですよ」

にっこり笑って、リリーは部屋を出ていった。途端にどくんと高鳴った胸から血が巡って、顔が熱くなってくる。最後に見た彼女の笑顔が、目に焼き付いて離れない。

「……殿下？」

思わず片手で顔を覆った俺を、ジョシュアが心配そうに覗《のぞ》き込んでくる。ああ、どうしよう。

どうしよう。知らなかったこの胸の高鳴りは、もしかして『無敵の気持ち』になるのかもしれない。

母が亡くなったころの、父の姿を覚えている。いつだって堂々としている偉大な父が、まるでそういう人形みたいに、呆然《ぼうぜん》と涙を零《こぼ》しながら何度も母の名前を呼んでいた。まだ幼かった俺には母の死がうまく理解できず、ただ、そんな父の姿を見るのが悲しかった。

父は、幼いころから許嫁だった母を心底愛していたのだという。母が亡くなってもうすぐ二十年になるけれど、後妻どころか妾《めかけ》の一人も取らなかった。俺に兄弟がいないことをとやかく言う者もいたそうだが、すべて突っぱねていたらしい。俺には従兄弟《いとこ》が三人できたので、結果的には俺に何かあっても大丈夫な状態にはなったけれど、そうでなくとも父は他に子を成すつもりはなかっただろうと乳母から聞いた。

この国には治癒魔法が存在する。だが、それも万能ではない。例えば、切れた腕をその瞬間に繋《つな》ぎ合わせることはできても、なくなった腕を新たに生やすことはできない。術者の魔力だけでなく、かけられる側の体力や、受け取れる魔力の容量にも効果は依存するため、発見が遅れた病や、そもそも体力や容量の少ない人間には効きづらいという面もある。

生まれつき体の弱かった母は、出産で体力を使い果たしてしまい、治癒魔法が効きづらかったのだという。父が国中の魔導士を呼び手を尽くしたが、帰らぬ人になってしまった。それをきちんと理解したころには、自分が母が命を落とすきっかけになってしまったのではとも思ったものだが、俺の周囲には誰一人としてそんなことを言う者はいなかった。もちろん、父も。

あの日、うす暗い部屋の中、項垂《うなだ》れ涙を零して母を呼び続けていた父は、俺に気が付くと力なくその手を伸ばしてきた。子供でも突き飛ばせそうなほど弱い力で抱き寄せられて、長い時間そうしていたことを覚えている。いつの間にか眠ってしまった俺が次に目覚めたとき、父はもういつもの父で、その後も母が生きていたころと変わらずに、俺を愛してくれた。

俺にとって愛とは、広く分け与えるものだ。それは義務でもあるし、逃げ道でもあった。誰か一人を特別に想《おも》うことは、ほの暗い記憶と隣り合わせだからだ。

と、いうのに。

「……殿下」

「……」

「殿下」

「っあ、ああ、すまない。なんだったかな」

「手が止まってらっしゃいますよ」

はあ、とわざとらしいため息を零したジョシュアが、休憩にしましょうと立ち上がった。メイドを呼んでお茶の用意をしてくれるらしい。こうして執務室で仕事をしている最中に手が止まっていると言われたのは今朝から数えて三回目なので、少々申し訳ない気がする。

「あなたが恋煩《こいわずら》いをする日が来るなんて思いませんでした」

「こ……っ！　こ、恋煩い、とかでは……うん」

ない、と言いきれなかった。さっさとメイドを下がらせた側近、乳兄弟でもあるジョシュアの言葉は、俺自身も思っていたことだったからだ。父は進んで俺に縁談を持ってくることはなかったし、それに甘えて俺もこの歳《とし》までフラフラしていたわけだが、王族としていつかは身を固めなくてはと思っていた。それを苦だとも思わずに、きっと無難な相手と無難な関係を築くのだと。

なのに、こんなふうに一日中、誰かのことで頭がいっぱいになるなんて。戦場に向かうその身が心配で落ち着かなくて、彼女のことが知りたくてそわそわして、何度も時計を見たり、逆になんにも目に入らずにぼうっとしたり。自分でもおかしいとわかっている。どくどくと、これまでの何倍も激しく血を巡らせるこの感情は、こんなにもままならないものなのか。

「聖女の一行が出発してから今日で三日ですか。そろそろ村に着くでしょうね」

「ああ」

どうか無事に戻りますように。祈ることしかできないこの身がもどかしい。

「戻ったら、食事にでも誘ってみてはいかがですか」

「ばか言え。……彼女には婚約者がいるだろう」

「オズワルドですか」

その名は有名だった。ここ何十年、あるいは何百年で最も優れた魔導士だというその男は、歴代最年少で宮廷魔導士のトップに立った。技術も魔力量も抜きん出ていて、その上、人柄も良いという。いつも落ち着いた笑みを浮かべている彼とは俺も何度か話したことがあるが、たしかに謙虚で穏やか、親切な人物だった。同時に、なんとなく本心が読み取れないタイプでもあった。少なくとも俺の前で嘘を吐《つ》くようなことはなかったが、うまくかわされているだけという気もする、そんな人物だ。

「あなたがごねれば無理も通るでしょうに」

「できないよ」

「できますよ」

当たり前に自分の分の紅茶を啜《すす》るジョシュアが言うように、俺が望めば彼らの婚約を破棄することもできるだろう。そのあと自分がリリーの婚約者になることだって。できるできないで言えばできるけれど、やりたくはない。

「俺の気持ちは恋ではないかもしれないし」

「その有り様で？」

「うっ……、いや、その、なんというか……俺は彼女のことをよく知らない」

惹《ひ》かれたのは、まっすぐな愛情と、それゆえの強さ。自信たっぷりの、笑顔。それらの理由のひとつも知らないままで、身勝手に婚約者と引き裂くことなどできはしない。彼女のことを知りたいとは思うけれど、知ることでむしろ嫌いになることだってあるかもしれないし。

「知ろうとすることくらいはいいと思うんですがね」

「いいんだよ」

いいんだ。知ることで嫌いになってしまうより、知ることでもっと好きになってしまう方が怖い。

彼女を誰かから奪うことになるのも、いやだ。

「俺は臆病者みたいだ」

「……お優しいんだと思いますけどね。さて、仕事に戻りますよ」

「ジョシュアは厳しいなあ」

机の上にたくさんの書類が並ぶのを見て、この分だと失恋の痛みは感じずに済みそうだと思った。

実らせたいと願ってしまう前に枯れてくれるほうが、きっと楽に生きられる。

◇

「婚約破棄したんです」

「へっ？」

聖女が例の土地の浄化に成功した、と聞いてから一か月が経《た》っていた。聖女から直接報告を受けたのは父で、俺は別の公務のため立ち会えなかったが、ジョシュアから手短に、騎士団や魔導部隊、そしてリリーの無事を聞いていた。治癒魔法が使える魔導士も現場に向かっていたため、大きな怪《け》我《が》が残った者はいなかった、と。――……たった一人を除いて。

オズワルドがリリーを庇《かば》い大怪我をした。体には聖女でも祓《はら》えないほどの瘴気《しょうき》が残り、自力で立ち上がることすらままならないと聞いたとき、真っ先に思い浮かんだのが過去の父の姿だった。命があるだけマシなのかもしれないが、オズワルドは寝たきりになり、回復の目処《めど》も立っていないという。

自分を庇い動けなくなった婚約者の傍《かたわ》らで、彼女が一人泣いていたらどうしようと思った。

ただ、そんな心配をしたところで俺になにができるわけでもなかった。オズワルドの怪我に関しては、聖女であるリリーや優秀な魔導部隊がどうすることもできないのに、初級魔法しか使えないレベルの俺がどうにかできるはずもない。友人とすら言えない関係では、おそらく今後は婚約者の介抱に努めるリリーの心に寄り添うこともできない。相変わらず祈ることしかできない不甲斐《ふがい》なさを抱えながら過ごしていたときのことだった。

宮廷の廊下の先で、見覚えのあるワンピースが翻るのが目に入った。咄嗟《とっさ》に手元の書類をジョシュアに押し付けて駆け寄れば、何やら分厚い本を抱えたリリーだった。俺が走ってきたことに少し驚いた顔をした彼女は、それでもすぐに微笑《ほほえ》んで頭を下げる。

ああ、まずい、心臓がうるさい。走ったせいにしては大きく鳴る心音に気付かないふりをした。

「魔獣の討伐及び土地の浄化、ご苦労様。厄災の年もこれで終わりだろうと聞いたよ。君の貢献に感謝する。……無事に戻ってくれて、よかった」

「身に余るお言葉、感謝いたします」

「その……、オズワルドのことも聞いた。婚約者として君も心配だろうけど、気をしっかり持って

「……ええと」

できるだけ負担にならない言い方をと、しどろもどろになっていた俺の言葉を受けて、リリーは「ああ、そうだった」とでもいうような顔をした。

「婚約破棄したんです」

「へっ？」

淡々と言われた言葉に耳を疑う。一瞬理解が追い付かなくて、少々間抜けな顔をしてしまった気がする。

「え、ええと……それはその、どうして？」

ようやく出てきたのは単純な疑問で、尋ねられたリリーは俺から僅《わず》かに目を逸《そ》らし「わたし、自分より弱い男の人は嫌いなんです」と言った。

「……嘘だね？」

「あ……」

彼女の顔に「しまった」と書いてある。俺が嘘を見抜ける体質だということを、すっかり忘れていたのだろう。気まずそうに顔を伏せた彼女の腕から、分厚い本を抜き取った。

「殿下？」

「少し休憩にしようと思っていたんだ。時間があるなら付き合ってくれないだろうか」

「え、ええ」

空いた手を掴《つか》み歩き出せば、リリーは困惑したまま、それでも先ほど嘘を吐いたという負い目からか大人《おとな》しくついてきた。本当ならこんなに気安く女性に触れるべきではないのだろうが、今ならお互い婚約者もいないということで大丈夫……と、内心言い訳をする。

そうして彼女を連れてきたのは、宮廷の中庭だった。昼どきはここで休息を取っている者もいるが、今の時間帯なら大抵の人間は仕事をしているので誰もいない。できるだけ目立たないベンチに並んで座った。

俺がなにも言わないでいると、最初は少し居心地の悪そうだったリリーがぽつりぽつりと話し始めた。

「……オズワルド様のところには、わたしの代わりに妹を行かせました」

「どうして？」

「あの子は以前からオズワルド様のことをお慕いしていて、今回の怪我のことを聞いて居ても立ってもいられない様子だったので」

「だから婚約者を譲ったと？」

思わず眉間《みけん》に皺《しわ》が寄ってしまう。いくら妹がかわいいからといって、そこまでするものなのか。

「そうですね。まあ、無事に戻ったとしてもどのみち婚約は解消するつもりでした。円満に解消するか一方的に破棄するかの違いくらいしかありませんが、オズワルド様には突然で申し訳ないことをしたと思います。両親にも無理を言いましたし」

言い方から察するに、リリーからの一方的な婚約破棄なのだろう。オズワルドは、……リリーは、それでよかったのだろうか。そんな気持ちが顔に出てしまっていたのだろう、俺を見たリリーは少し笑った。

「もともとこの婚約に恋愛感情はありません。わたしにも、きっとオズワルド様にも。あの方はわたしに親切でしたけど、誰にでも等しくそうです。わたしと婚約したのも、自ら望んでというよりは、そう望む周りの声を断らなかっただけ。それはわたしも同じことで、……わたしたちは、共に戦ったことで信頼し合ってはいますが、どこか他人行儀です。お互いに、深い関係を築いていく気がありませんでした。それならば、純粋にオズワルド様を慕う妹の方があの方の心に寄り添えるでしょう」

「それはそうなのかもしれないが、……でも、オズワルドの気持ちは君の想像だろう」

君を愛していたかもしれない、望んだ婚約だったかもしれない。これから深い関係を築こうと思っていたのかもしれない。言ってから、少し棘《とげ》っぽい言い方だったかと思う。しかし、リリーは気にしていない様子で言った。

「妹には、わたしに虐げられていると言うようにと伝えてあります。オズワルド様はお優しいので妹を追い出すことはしないでしょうし、もしわたしを想ってくださっていたとしても、そんな話を聞いていればいずれ嫌いになってくれるでしょう。……憎まれて、会いたくないと思われるくらいでいいんです。わたしにはやることがありますから、会いに行く暇も介抱する時間もありません」

「……オズワルドの瘴気を祓う方法を、探しているのか」

彼女の手から取り上げた本が、聖魔法について記録された本だと気付いていた。彼女ほどの使い手が今更学ぶこともないだろうに、わざわざここまでやってきて古い資料を図書室で借りたのだと思う。

その理由なんて、どう考えても。

「かわいい妹の婚約者を、いつまでも寝たきりになんてしていられないでしょう?」

笑って言った言葉に嘘はない。でも、それだけではないことくらい、この体質じゃなくてもきっとわかった。

「……あまり寝ていないね?」

「……」

返事をすると嘘だとバレるからだろう。リリーは困ったように笑っただけだった。その目の下に薄っすら浮かぶ隈《くま》、前回会ったときよりも痩《や》せたように見える体。この一か月、彼女がどんな生活をしていたのか、想像に難《かた》くない。

「オズワルド様はすごい方ですよ。特級魔法で村周辺の山々まで魔獣を一掃して。本人は『いざとなればできましたね』なんておっしゃってましたけど、特級魔法なんて普通は発動できません。魔術全盛期だった時代ですら奇跡だと言われていた伝説級のものです。魔獣に襲われて咄嗟に発動できたわけではなく、きっとオズワルド様は村の惨状を見て、最初から術を展開していました。その途中でわたしが襲われたから、魔法ではなく身を挺《てい》して庇うしかなかった。普段なら、あの方の魔法が間に合わないはずがありませんから」

リリーは両手をきゅっと握っている。その手を見つめるように伏せられた目が、瞬《まばた》きを繰り返していた。

「……わたしのせいです」

声は震えていなかったけれど、彼女の気持ちは痛いほど伝わった。先ほどの「かわいい妹のためだ」とでも言うような口ぶりの裏には、自分を庇ったオズワルドへの気持ちもたしかに存在して。それは恋でも愛でもないのかもしれないけれど。

自分のせいで怪我を負わせたこと、妹が慕う相手をそんな体にしてしまったこと。寝たきりになった婚約者を妹に押し付けたように見せながら、その実は自責の念に苛《さいな》まれ、二人のために一人で無理をしている。

「……土地を浄化するほどの聖魔法は、並大抵の集中力では使えないと聞いている。君自身が魔獣に対処しながら発動できるものではないのだろう」

「それでも、……それでも」

もっとできることがあったとでも言いたげなリリーが顔を伏せたので、ついに泣き出してしまったのかと、思わずその頬《ほお》に手を添える。ゆっくりこちらを向かせれば、潤んだ目はそれでも涙を零してはいなかった。

「……一人で抱え込む必要はないんだよ。ここには俺の他に誰もいないし、全部吐き出してしまっても」

「わたし、妹のこと以外で泣くつもりはありません」

強気に笑おうとした唇がかたかたと震えている。彼女の心は、とっくに限界だったのかもしれない。

「うん、じゃあ、君は泣いていない。俺のへたくそな魔法が、君の目を濡《ぬ》らしてしまっただけだ」

ごめん、と一言断ってから、背丈があるわりに華奢《きゃしゃ》な体を抱き締めた。「殿下はご自分の嘘はわからないんですね」なんて言葉が次第に嗚咽《おえつ》に変わるのを、午後の陽《ひ》だまりの中で聞いていた。

リリーはほんの十分ほどで俺の胸を押した。すみません、と小さな声で言った彼女は、湿った俺の肩に手をかざす。顔の近くで風を感じると、あっという間に服は乾いたようだった。自在に魔法が使えるというのは便利だと思う。俺にも、彼女の赤い目元を癒やす魔法が使えたならよかった。

「ありがとう」

「いいえ、わたしの方こそありがとうございました」

リリーは「情けないですね」と言って、恥ずかしそうに笑った。

「そんなことはない。その……オズワルドの容態や、当時のことを詳しく聞いても？」

「ええ。わたしが聖魔法を展開している最中に襲ってきた魔獣は、かなりの瘴気を溜《た》め込んでいたようでした。庇ってくださったオズワルド様が、お顔に大きな傷を受けたのですが……そこに瘴気が入り込んでしまったようで。同行していた魔導士の方の治癒魔法で傷自体はすぐに塞《ふさ》がりましたが、瘴気は体内に残ったままになりました」

「それは君の聖魔法でも取り除けなかった？」

「はい。土地を浄化したあとだったので、魔力が減っていたこともありますけど……万全の状態でもできなかったと思います。傷が塞がったことで、むしろ瘴気が逃げにくくなっている、というか……」

説明をしながら、リリーは眉間に皺を寄せる。聖女であるリリーが難しいと言うなら、他の誰にも無理だろう。

「おそらく体内の瘴気の影響で、傷跡も残ったままでした。宮廷魔導士の治癒魔法を受けても傷跡が消えないなんてことは滅多にありませんから」

「跡が残っているとはいえ、傷自体は塞がっているのに彼が寝たきりというのは？」

「魔力とは、体力や生命力のようなものです。大きな魔力を持つ者ほど、それに頼って生きている。オズワルド様は特級魔法の発動で、魔力のすべてを使いきっていました」

「普通の魔力切れとは違うのか」

魔力切れの状態というのは、よくあることだ。魔法を覚えたての子供が自分のキャパシティを超えてしまったとか、あえて魔力を使い切ることで魔力量の上限増加を目指す修行なんてものもある。俺自身に経験はないが、魔力切れになると長い距離を全力疾走したあとのような疲労感に襲われるという。いずれにしても魔力は自然に回復するのに、オズワルドは違うのだろうか。

「同じことですが……一般に言う魔力切れは、実際のところ完全に魔力を使いきっているわけではありません。命に関わるので、本能的に少しは魔力を残してしまうものです」

「オズワルドは完全に使い切ったから、立つこともままならないと」

「はい。しかも、おそらく……体内の瘴気が、魔力の回復を妨げています。王都に戻ってくるまでの三日の間にも、オズワルド様の魔力が回復している様子はありませんでした」

なるほど。

「素人《しろうと》考えで申し訳ないけど、例えば、治癒魔法と聖魔法を同時にかけるとか」

「……試してはみました。けれど、やはり力が足りないのかどうにもならなくて」

「何人もで一斉にかける！　とか」

「魔力には相性があるので、人が増えるほど反発し合って効果が弱くなります。特に治癒魔法はその特性が顕著なので……下手《へた》に大人数で行えば、オズワルド様のお体に障る可能性も」

「そうか……」

やっぱり、俺で思いつくようなことはすでに試しているらしい。考え込んでしまった俺を気遣うように、リリーは言葉を続ける。

「あの、ですが、魔導部隊のみなさんも協力してくださっていて……ですから、必ず治してみせます。今はみんなで古い資料などを読み解いているんです。今より魔獣被害がひどかった時代には、オズワルド様のような事例もあったかもしれないと」

「なるほど。だったら俺も協力しよう」

「え？」

「魔法に関しては君たちの足元にも及ばないけど、王家所有の文献の閲覧許可を出すことくらいはできる。素人だからこそ、なにか突拍子もない案が出せるかもしれないし……できる限り研究にも付き合おう」

「で、ですが、お忙しい殿下にそのような……あの、閲覧許可はいただきたいのですが」

おろおろ慌て出したリリーの手を握る。驚いて、彼女は固まってしまったようだ。

「名前で呼んでほしい」

「……あ、アーノルド、殿下」

「うん。……オズワルドは王家にとっても大切な人物だ。彼には必ずよくなって、仕事に戻ってもらいたいと思っている。そのためにできることはやりたい、だから……君と僕とは同志だ。なんでも頼ってほしい」

少し間を空けて、リリーは「ありがとうございます」と呟《つぶや》いた。それから、「よろしくお願いします」とも。

「ああ。だから君はまずよく休むこと」

「えっ」

「体力が落ちていると、魔法にも影響があるだろう？　俺が画期的な解決策を思いついたとき、君が万全の状態じゃなければうまくいかないかもしれない。だからきちんと食事は摂って、ちゃんと寝てくれ」

「そう……ですね。ふふ、はい、そうします」

まるで絶対に解決策を見つけられるとわかっているかのように、大げさなほど自信満々に言ってみせれば、彼女は小さく笑ってくれた。泣きそうな笑顔でも、困ったような笑い顔でもないその表情に、少しだけ安堵《あんど》する。

本当は君のためだと言ったら、リリーは幻滅するだろうか。君の重荷を軽くしたいだけだと言ったら。

オズワルドのことは心配だ。だが彼のためでも王家のためでもなく「リリーのために」よくなってほしいと思っていると言ったら、君は呆《あき》れてしまうだろうか。

◇

「結局、役立ちそうな資料は見当たらなかったのか」

「はい、今のところは。ネズミなどで実験ができればいいのですが、厄災の年が終わったばかりで、今は魔獣自体も少なく……」

「殿下、リリー様、少し休憩にしましょう」

魔導部隊の一人がティーセットを運んできてくれた。中庭での一件から一週間ほどが経ち、俺は公務の合間を縫って、こうして時々、魔導部隊の仕事場でもある宮廷内の魔導塔に顔を出している。

魔導部隊の仕事は多岐にわたる。騎士団に同行して魔獣対応をしたり、教会と連携して貧しい人々に治癒魔法を施したり。魔法学校へ指導に赴くこともあれば、宮廷内の魔石の補充点検なども行うし、魔術や魔法道具の研究を行う者も多い。今は魔獣対応が落ち着いたこともあり、隊員のほとんどが空いた時間にオズワルドの瘴気を祓う方法を模索しているらしい。彼は本当に信頼されていたのだと思う。

手伝おうとするリリーの手を「自分が一番下っ端なので！」と明るく断った、エディという青年も、オズワルドを慕う一人だ。初めて俺がここへ来たときは大層驚いていたが、オズワルドのことで協力したいと申し出ると、部屋中に響き渡るほどの大きな声で「ありがとうございます！」と言った。すぐに副隊長が飛んできて、彼が孤児院の出であること、ゆえに礼儀作法がおぼつかないことを謝ってきたが、そんなことは気にならないほど素直で好感が持てた。

紅茶の準備を彼に任せたリリーは、「それでは少し席を外しますね」と部屋を出ていった。お手洗いだろうと思って詮索はしない。手持ち無沙汰《ぶさた》に、自分が閲覧許可を出した古い文献のページを捲《めく》る。

「これを読み解いているのか……すごいな、もうほとんど古語じゃないか」

「言葉自体はまだなんとかなるんですよ。ただ当時主流だった魔法の技術は、今では廃れてるものも多くて。その辺が理解しづらいですね」

「へえ……」

パラパラと捲っていれば、たしかに俺でもわかる単語はあった。教養として簡単な古語は習っているから、ちゃんと見れば読めそうな部分もあるが、魔法関連と思われるページはさっぱりだ。

「協力したいと言いつつ、役に立たなくて申し訳ないな」

「いえ！　あの、俺……、僕たちは、殿下に感謝しているんです！」

エディがまた大きな声を出した。その声にか、紅茶の香りにかはわからないが、釣られるように数人の魔導士が集まってくる。

「そうですよ、殿下。ありがとうございます」

「え、ああ、いや、本当になにも……」

慌てて手を振る。彼らの言葉に嘘がないとわかってしまうから、むしろどうしてそんなに感謝されているのかわからなくて落ち着かない。今のところ俺は文献の閲覧許可を出しただけで、有益な助言ひとつできていないのに。

「リリー様のことです」

「え？」

予想外の言葉に驚く。首を傾《かし》げる俺に向かって、隊員たちは優しい顔をしている。

「僕たちは、その……リリー様が初めてここに来たとき、正直歓迎していなかったんです。婚約破棄のことを聞いていたから、隊長のことを見限った女だ、って。けど、リリー様は隊長の瘴気を祓うために協力してほしいと頭を下げて、誰が見ても一生懸命がんばっていて。すぐに、婚約破棄のことも、妹さんのことも、なにか事情があるんだろうって思いました。……ばかですよね、何回も討伐に同行していて、リリー様が真面目《まじめ》で優しい人だって知っていたのに」

眉《まゆ》を下げて笑ったエディ。同じような顔で、別の隊員が言葉を続ける。

「一生懸命であるあまり、彼女が日に日にやつれていくのがわかりました。ですが、私たちにはどうすることもできなかった。根本的な疲労や寝不足に、治癒魔法は効きませんから。休んだ方がいいという言葉にも、彼女は大丈夫だと首を振るばかりで……。殿下が来てくださるようになってからです。リリー様は肩の荷が下りたようで」

「顔色もよくなりました！」

うんうん、と頷き合う隊員たちを見て気恥ずかしくなる。彼女の役に立っているなら嬉しいけれど、協力の申し出だって彼女が好きだからなんて不純な動機だし、無理に気付けたのだって半分は嘘を見抜ける体質のおかげだ。あの日咄嗟に抱き締めた体の柔らかさを忘れられないでいて、どうか健やかに過ごしてほしいと願っているだけで。

いや、その、と口ごもっているうちに、鈴を転がすような声が帰ってきた。

「なんのお話ですか？」

「っ、リリー！　え、あ、大したことでは……」

「……？　殿下、少しお顔が赤いようですが」

「な、なんでもない」

彼女の視線から逃れるように体を反らした俺を見て、隊員たちがくすくすと笑っている。は、恥ずかしい……。もしや俺の気持ちもバレているのでは、と嫌な予感がする。「殿下は自分で思っているよりわかりやすいんですから、しゃんとしないとだめですよ」という、ジョシュアの小言が蘇《よみがえ》る。

「と、ところで！　オズワルドの容態はどうなのだろう。少しは魔力が回復したりしていないのかな」

わざとらしく話題を変えた俺に気付かなかったのか、気付かないふりをしてくれたのか。すぐにエディが答えてくれた。

「食欲は少し戻ってきたそうですが」

「いいことだな。食べないと体力も戻らないし……誰かお見舞いに？」

俺が首を傾げると、全員が全員困った顔をした。

「いえ、誰も。副隊長が手紙のやりとりだけしています」

「……？　そうか」

妙だな。みんなこれだけオズワルドを心配していて、さらには瘴気を祓う方法を探しているというのに。オズワルドの屋敷が遠いわけでもないのだから、毎日ひっきりなしにお見舞いに行っていたって不思議ではないと思ったのだが。

そんな俺の表情を汲《く》んだのか、年配の隊員が説明をしてくれる。

「オズワルド様は、魔力の揺れで人の気配がわかります」

「魔力の、揺れ？」

「オーラとでも言いましょうか……人は多かれ少なかれ、魔力を垂れ流して生きています。力の強い魔導士は、人が体に纏《まと》っているその魔力で、体の動きやそれが誰であるかがわかるのです」

「君たちもわかるのか？　すごいな」

優れた魔導士が人の気配に敏《さと》いのはそういう理由だったのか、と驚き納得する。魔力の少ない俺には考えられないことだ。しかし、彼らは大したことではないと謙遜《けんそん》した。

「僕たちは、せいぜい近くに人がいるとわかるくらいです。けど、隊長はその能力が桁《けた》違いなんですよ。扉一枚挟んでいても、誰が何をしているか当てられます。サボってお菓子を食べてるの、何回見つかったことか」

「そんなにも……？」

「はい。普段は問題ないみたいなんですけど、体調が悪いときとか、いろんな魔力が混ざる人混みとかだと、酔ってしまうことがあるらしくて」

体調が悪いとき。――ああ、そうか。

「僕たちは全員、魔力が強いので」

どこか寂しそうに笑った者はみな、オズワルドにゆっくり休んでほしくて。自分の魔力が彼の体調に影響しないように、面会を控えているのだ。

「解決策も持たずに会いに行けませんしね！」

「そもそも隊長は働きすぎなんだ、この機会に目が溶けるほど眠ればいい」

「俺、隊長が寝てるとこ見たことないんですけど……あの人寝るんスかね」

「寝るだろさすがに……」

わいわいと賑《にぎ》やかになったテーブルに、胸が温かくなる。ふと隣を見ればリリーも目を細めて笑っていて、それを見た途端にさっきとは違う熱が胸に宿る。

やっぱり好きだと思う。彼女が必死にがんばっている今はまだ、言えないけれど。

◇

「そうしたらチェルシーが泥だらけで帰ってきて。やりきった顔をしているものだから、わたしも両親も怒る気がなくなってしまって」

「はは、本人にとっては大冒険だったんだろうね」

正面に座っているリリーは、目の前のお菓子にもほとんど手を付けず、楽しそうに妹の話をしている。

お互いの息抜きを兼ねて、という言い訳で、時々彼女をお茶に誘っていた。最初こそそんな時間はないとためらっていた彼女も、魔導部隊の隊員たちに後押しされるうち付き合ってくれるようになった。

妹を溺愛していることを周囲に隠しているリリーには、こうして堂々と妹の話ができる相手もいないらしく、いつも楽しそうに話し続けてくれた。吊り目がかった目尻《めじり》を細めて笑う顔は、普段の生真面目な姿からは想像できないほど柔らかく、お茶が冷えきったころに「話しすぎました」と照れるところまで含めて、愛らしくて仕方がなかった。


「っあ〜……」

「なんですか、寝不足でおかしくなりましたか」

執務室で突然頭を抱えた俺に向かって、ジョシュアの冷ややかな言葉が飛んでくる。言葉は冷たいけれど、なんだかんだこうして遅くまで仕事に付き合ってくれるのだから、俺には甘いんだと思う。

「いや、必要な分は眠れているし大丈夫だ」

「あなたは眠るのも仕事なんですから、こうして夜更かしするのもほどほどにしてくださいよ」

魔導塔に顔を出したり、リリーとお茶をしたりと、その時間を捻出するための皺寄せは確実に休息時間や睡眠時間を削っていた。しかし、優秀な側近のおかげでそれも最低限で済んでいるし、なにより気持ちが浮《うわ》ついているせいか体も十分元気だった。問題は。

「毎日好きになっていって、困る……」

「毎日それを聞かされている私の方が困っていますよ。さっさと言い寄ったらいいじゃないですか、向こうにだってもう婚約者はいないわけですし」

「それは……」

それはそう、なのかもしれないが。しかし、どうしても今のリリーに気持ちを打ち明けるのは抵抗があった。彼女はオズワルドを助けるために毎日がんばっていて、そこに水を差すような……彼女の気を煩わせるようなことは言えなかった。同志だ、なんて言ってしまった手前もある。言ってしまえば楽になれるのかもしれない、少しは意識してもらえるのかもしれない。だけど。

「そんな身勝手は、できない……」

はあ、とため息を零した俺に向かって、ジョシュアが呆れた顔をする。

「愛なんて、多かれ少なかれ身勝手なものだと思いますけどね」

「え？」

「そうでしょう。現にこの一か月、あなたのその愛とやらのせいで定時に帰れてない人間がここにいるんです」

「う……っ、それはその、本当にすまないと思っていて……」

まあいいです、とジョシュアは俺の机の上から書類を取り上げ、また別の書類を置く。

「あの聖女だってそうでしょ。妹のためだかなんだか知りませんけど、オズワルド様からしたら一方的に婚約破棄されていることに違いはない」

「それはオズワルドの治療方法を探すためでもあって……！」

「知りませんよそんなこと。オズワルド様からしたら、って話ですからね」

俺以外に対して、こんなに露骨に刺々《とげとげ》しい物言いをするジョシュアが珍しくて、思わず口を噤《つぐ》んでしまう。

身勝手。そんな言葉で彼女の行動すべてを片付けられるのは悲しかった。

「そんな顔してないで一応最後まで聞いてくれます？」

「んあ」

思わず俯《うつむ》いた俺の額をぐっと押して、ジョシュアは無理やり顔を上げさせる。俺と二人きりじゃなかったら不敬罪で即捕縛だぞ。

「別にその愛が、身勝手さが悪いとは言ってないんですよ。だって聖女はその愛のために、この国まるっと救ったんじゃないですか」

「あ……」


『わたしはこの国の聖女だからではなく、あの子の姉だからこそこの国を守るのです』


あの、強い想いの宿った瞳《ひとみ》を思い出す。ぼんやりと、顔も知らない誰かにまで分け与えなければならないと思っていた俺の愛とは違う、強くて確かな想い。

「ある面から見れば身勝手でも、それだけが全部じゃないでしょう。なにがどう影響するかなんて、結局わからないんですよ。だったら潔くぶつけてしまってもいいんじゃないかと俺は思いますけどね」

砕けた話し方に、ジョシュアは今側近としてではなく、友人として意見してくれているのだとわかる。いつだって優柔不断なのは俺の方で、この友人はなんでもあっさり決めてしまう。

「……先に帰っていいって言ってるのに残業に付き合ってくれるのも、愛かな」

「は？　うるさいんですが」

「愛なんだなあ」

「うるっさいんですよ、残業手当のためです。いいからさっさとサインしてください」

安上がりな身勝手さを笑いながら、俺は少し心が軽くなったのを感じる。打ち明けてみてもいいのかもしれない、この胸の内を。

「大体、あなたの気持ちが伝わってないのなんてリリー様にだけですからね」

「えっ!?」

「魔導部隊どころかメイドまでみんな知ってます」

「嘘だろ……」

さあどうでしょう、とジョシュアは悪戯《いたずら》に笑う。「間接的に伝わっちゃうより直接言った方が好感度は高いと思いますけどね～？」なんてからかう声に押されながら、その日の残業はいつもより少しだけ長く続いた。


そんなことがあった三日後だ。魔導塔に向かっていると、ちょうどエディと一緒になった。「オズワルド様から手紙です！」と大事そうに握っているそれを、副隊長に届けるのだという。

いつもの部屋に入り、俺はリリーや他の隊員たちのもとへ。エディは副隊長室に向かった。

「隣国に残っているという古い事例も、確認したところただの伝承らしい」

「ですよねえ……あっちはそもそも魔獣なんてほとんどいないし」

「殿下、いつも無理を言ってすみません」

「いや、使える人脈は使わないと」

「ありがとうございます」

そんなふうに、今日も一向に進まない研究の話をしていたときだった。バンッ、と勢いよく副隊長室の扉が開いて、エディが飛び出してきた。うるさいぞ、なんて声がどこからともなく聞こえてきたが、エディのただならぬ様子にみんなが彼に注目する。

「た、隊長の……っ、隊長の魔力が戻り始めたらしいです!!」

いつもの大きな声が少し震えていて、それが響いた室内は一瞬しんと静まり返る。直後、わあっと大きな歓声が上がって、何人もがエディに駆け寄っていった。

「瘴気は!? 怪我の様子はどうなった!」

「そ、それはまだ……っでも、少しだけど魔力が戻り始めていて、立って歩いたりもできているらしくて」

ああ、よかった。自然治癒だろうか、理由はわからないし、瘴気が残っている以上まだ手放しには喜べないのかもしれないが、前進は前進だ。そう思いながらエディたちの様子を見ていると、すぐ近くでガタンと椅子の倒れる音がした。「大丈夫か?」と誰かの声がする。

隊員の一人が、椅子を倒しながら床にへたり込んでしまったようだった。隣にいた者に背中を支えられながら、彼は両手で顔を覆って「よかった、よかった」と呟いている。その手の隙間から泣いているのが見えて少し驚いていると、別の隊員が俺に耳打ちをする。

「オズワルド様に治癒魔法をかけたのが彼なんです。聖魔法より先に治癒魔法をかけたから瘴気が残ったんじゃないかって、ずっと自分を責めていて」

「……そうか」

「彼がすぐに治癒魔法をかけなければ、失明の可能性や、最悪命を落とすことだってあったのだから間違いではなかった、と言っていたんですが。やっぱり気にしてたんですね」

そう言って、耳打ちしてくれた隊員は泣き崩れる同僚のもとへ駆け寄った。

リリーもきっと少しは楽になれただろう。そう思って部屋を見渡すと、さっきまで近くにいたはずの彼女がどこにもいなかった。慌てて耳を澄ませば、小さくヒールの音がする。廊下に出て足音を追いかけていくと、やがてそれは塔を下り、中庭で止まった。

「……リリー」

俯いたままの彼女の傍《そば》に寄る。

「俺の下手くそな魔法を、披露しようか」

両腕を広げてみせれば、彼女はすぐに飛び込んできた。俺の下手くそな魔法が彼女の目を濡らしたのは、やっぱり午後の陽だまりの中だった。

小さな泣き声がやんでも、すぐに温《ぬく》もりが離れてしまうことはなかった。少しくらいは自惚《うぬぼ》れてもいいのだろうか。前回よりもゆっくりと俺から離れたリリーは、相変わらず恥ずかしそうに笑った。

「すみません」

「いいや」

彼女はひと月前と同じように俺の肩に手をかざして、風魔法を使う。

「このまま順調に回復してくれるといいね」

「そう、ですね……」

「……？　どうかした？」

「いえ、……今日まで結局なにもできなかったのが、ほんの少し悔しいだけです」

「はは、君は案外負けず嫌いだな」

「そうですよ」

言葉のわりにすっきりした顔をしている。軽口を言えるくらいには彼女の気持ちが楽になったのだと思うと嬉しくて、俺が心配だったのはやっぱりオズワルドじゃなかったんだなと思う。愛は身勝手だ。

「アーノルド殿下の前では、わたしは子供みたいですね」

「そうだろうか」

「はい。人前でこんなに泣いたのも、負けず嫌いだと言われたのも初めてですから」

彼女の言葉に、ようやくちゃんと覚悟が決まる。

俺は、彼女が自然に笑ったり、泣いたり、楽しそうに妹の話ができる場所になりたい。俺の前では嘘が吐けないからだとか、きっかけはなんでもよくて。ただ、俺が好きになった君でいてほしい。

「リリー」

「なんでしょう」

首を傾げる彼女の手を引いてベンチに座る。座ってからも手を離さない俺に、彼女は少し戸惑った様子で「あの」と声をかけた。

「ごめん。少し勇気のいる話だから、このままでもいいだろうか」

「それは構いませんが……」

息を深めに吸っては、ゆっくり吐いて。俺よりも随分細い手を、少しだけ強く握り直す。

「リリー。俺は、君のことが好きだ」

「……ありがとう、ございます……？」

きょとんとした顔に、これだけ直球でも簡単には伝わらないのかとおかしくなってしまう。ほとんど一目惚《ぼ》れなんだけど、と言えば、彼女はようやく驚いた声を上げてその頬を赤らめた。

「ひ、一目惚れ、って……！　え、ええと、申し訳ありません。陛下と初めてお会いしたのって、いつ……」

「ああ、ごめん。それは俺もはっきり覚えてなくて」

リリーは訳がわからないといった表情をしている。うん、そうだよな。

「何年前かはわからないけれど、実際に初めて会ったときの君はおそらく、『聖女』の君か、『伯爵家の娘』の君だろう。その日のことではなくて、初めて君が君として笑ってくれた日だ」

「……わたしとして笑った日？」

「無敵の気持ちだ、と」

ようやく合点《がてん》がいった様子のリリーは、すぐにまた赤い顔で慌て始める。

「ええと、ですがあの、どうして」

「あのときの君が、あまりにもまっすぐだったから。強くて、眩《まぶ》しくて。あの日の印象のままに一生懸命な君を、どんどん好きになって……時々心配で。まだオズワルドが全快したわけでもない状況で伝えるのはどうだろうとも思ったんだけど、君の笑顔の一番近くにいたい、と……笑顔でいられないときは、下手くそな魔法を使ってあげられる距離にいたいと思うから」

好きだ、ともう一度口にすれば、指先がきゅっと握り返される。期待しそうになるその仕草の半面、リリーは眉尻を下げていた。

「お気持ちは嬉しいのですが、……わたしは、今の状況で誰かの気持ちにお応《こた》えする気はありません。少なくとも、オズワルド様にもう少し回復の兆しが見えるまで。妹が、あの人のところで幸せになるまで」

「待つと言ったら？」

「だ、だめです！　いけません、何年かかるかもわからないのに……！　この国のためにも、殿下は早く幸せになるべきで」

「俺は俺のために幸せになりたいんだ」

言葉を遮って伝えると、彼女は驚いた顔をする。

「君が妹のために国を守ろうと思ったように、俺も大切な誰かのために国を良くしていきたい。誰かを特別に想う日々がこんなにも輝いていると、君が教えてくれたから」

繋がれたままの手の温度を感じられる距離にいたい。

「勝手に想っているだけだから、今は知っていてくれるだけでいい。……もしこの気持ちすら迷惑だったら、言葉にして伝えてくれると嬉しいのだけど」

「そ、れは……」

リリーが今日一番戸惑った顔で「それはずるいです」と言った。頬を赤らめたまま視線をさ迷わせる様子を見て、たしかにずるいなと笑ってしまう。こんな手を使うだなんて、自分でも思っていなかった。

迷惑だと言葉にできないのなら、それは言葉にすると、俺に嘘だとわかってしまうからで。

「あはは」

「っ、殿下！　人が悪いです！」

「ふふ……っ、ああ、そうなのかもしれない。初めて言われたけど」

もう、と声を上げる彼女の手が、まだ俺の手の中にあって。今はそれで十分なのだと思った。

◇

——夢の中で、これは夢だとわかることがある。

一般には明晰夢《めいせきむ》と呼ばれるらしいそれは、夢で未来を見ることがある俺にとっては重要なことだったりする。

夢だと自覚したときには、すでに小さく泣き声がしていた。振り返ると女の子が泣いていて、ああ、いつだったか楽しそうに笑っていたあの子だと思う。相変わらず見覚えのないその子が両手で顔を覆って肩を震わせているのを見て、胸がきゅっと苦しくなる。

なにがそんなに悲しいのだろう。彼女がいる場所は以前と変わらずあたたかそうで、俺は羨《うらや》ましくてたまらないのに。

大丈夫、大丈夫だよ。顔を上げればきっと、光の中にいるとわかる。そう伝えてあげたいのに、夢ではなにもできない。もどかしいと思ったとき、ふと目が覚めた。

「……」

「殿下？」

「……ごめん、うたた寝してた」

お疲れですか、とジョシュアが声をかけてきたので首を振る。どうやら執務室で仕事を片付けていたときにうとうとしてしまったらしい。

「今日は早めに切り上げましょうか。魔獣の被害対応もだいぶ落ち着きましたし、少しくらいは構いませんよ」

「……ああ、うん……」

「殿下、……夢でも見ましたか？」

ぼんやりしたままの俺を見かねて、ジョシュアが顔を覗き込んでくる。

「見た、けど……わからないな」

「そうですか」

正直、俺にはあまり夢見の能力がない。稀代《きたい》の才に恵まれたと言われる父とは打って変わって、はっきりと未来を見ることの方が稀《まれ》なくらいだ。父からは「その分お前には嘘がよくわかるだろう」と言われたけれど、この力があったところで父に敵《かな》ったことは一度もない。

ジョシュアもそれを知っているのであまり深くは追及せず、俺の手元にあった書類を取り上げていっただけだった。

それにしても、あの子は誰だろう。小さな女の子だった。なにかの暗示なんだろうか、それともただの夢？　俺になにができるのだろう。

眉間のあたりを揉《も》んでいると、ジョシュアに執務室を追い出されてしまった。素直に私室に戻ってそのまま眠ったけれど、結局夢の続きを見ることはなかった。


「あれは絶対隊長だと思うんですよ！」

魔導塔に入った途端、いつものよく通る声がしてそちらに近寄る。テーブルを囲むように、エディと何人かの魔導士、それからリリーがいた。俺に気付いた全員が頭を下げるのを軽く手で制しながらリリーを見ると、彼女は僅かに頬を赤らめる。それだけで嬉しくなってしまいながら会話に加わった。

「オズワルドがなんだって？」

「それが、エディが街で隊長を見かけたらしいんです」

「髪がふわふわのかわいい子と歩いてました！」

髪が、ふわふわ……。ちらりとリリーを見れば、彼女は頷いて「おそらく妹かと」と言う。

「出歩けるほど回復したならいいことなんじゃないのか？」

「そうなんですけど……顔の瘴気もなさそうに見えて」

「え？　瘴気、消えたのか」

「いいえ、手紙にはそんなこと書いてなかったんですが……」

声をかければよかったのに、という同僚の声に、エディは「馬車から見かけただけなんです！」と悔しそうな顔で答えた。

オズワルドの魔力が戻り始めたと聞いてから、一か月ほどは経っただろうか。順調に回復しているとの報に、魔導部隊の雰囲気もかなり穏やかになっていた。相変わらずリリーはここに顔を出しているので、俺もそのタイミングを狙っては様子を見に来ている。

「瘴気が消えたら連絡くれると思うんですけど」

「出歩くために魔法で見えなくしているだけじゃないか？」

「そこまで回復してるかなあ」

「実は瘴気も消えてるけど、もうしばらく休みたいから黙ってるだけだったりして」

「隊長に限ってそんな」

じゃあそろそろお見舞いに行ってみるか、と隊員たちがわいわい話している横で、リリーは考え込んでいる様子だった。

「……リリー？」

「わたしが行きます、お見舞い」

ぱっと顔を上げて言った彼女の言葉に、全員が会話をやめる。彼女が以前オズワルドの婚約者だったことは全員の知るところだし、妹の件もなんとなく訳ありなのだろうと察している者も多い。

「……大丈夫？」

「はい」

いつも通り答えた彼女をあとで呼び止めれば、小さな声で「妹に会えない期間が長すぎてそろそろ限界なので」と言っていて、少し安堵する。うん、いつも通り。それでもなにかあったら言うようにと伝えると、彼女は安心したように笑った。


二日後だった。リリーの方から時間を作ってほしいと頼まれて、応接室にいる。部屋に入ってきてからにこりとも笑わず、当然頬を染めたりもしないままのリリーを気にしながら、メイドにお茶の準備をさせて人払いをした。未婚の男女が密室で二人きり、というのは正直褒められたことではないけれど、彼女の深刻な様子の前では致し方ない。

「……オズワルドはどうだった？　行ってきたんだろう、お見舞い」

長い沈黙に耐えかねてこちらから尋ねると、リリーはようやく口を開いた。

「妹が……、妹が天才かもしれません」

「……うん？」

オズワルドの様子を聞いて妹の話が返ってきたことに関しては、なんというかもはやあまり驚かなかった。若干、オズワルドが可哀想《かわいそう》な気はする。

一度口を開いてしまえば堰《せき》を切ったように話し出したリリーの話をまとめると、彼女の妹、チェルシーの力によってオズワルドが快方に向かったのではないかということだった。魔力はかなり戻っているし、瘴気の方も弱くなっているから、いずれ完全に消すことができるだろうと。

なんでもチェルシーは刺繍《ししゅう》によって聖魔法と治癒魔法を同時に定着させることができたらしい。そんな魔術は俺も聞いたことがなかったので単純に驚き感心する。

「すごいな」

「わたしも本当にびっくりして……オズワルド様が猫被りだったことなんてどうでもよくなりました」

「え、猫だったのか、あれ」

「チェルシーには普通に接していたみたいですけど」

「へえ……」

二度驚いていると、オズワルドの話題にわざとらしくつんとしていたリリーの表情がふと優しくなる。

「……ちゃんと、大事にしてくださっていました」

「よかったね」

「はい」

柔らかく微笑んだ彼女の肩の荷は、これでようやく本当に軽くなったのだと思う。

「チェルシーの魔法のことは、内密にしておいてほしいのです。魔力自体はとても弱いので利用されることはないかと思いますが、定着方法などの研究はオズワルド様と相談してからにしようかと」

「わかったよ」

ありがとうございます、とリリーは頭を下げた。人払い、しておいてよかったな。

「ところで、オズワルドの怪我がよくなって、チェルシーともうまくいっているなら、俺も一歩前進なのだろうか」

「……？　なんのお話でしょう」

すっかり忘れている様子のリリーの傍に寄り、その手を取って片膝をつく。

「これで、君が誰かの気持ちに応える気になるのかと」

「あ……！」

手を引き寄せて指先に口付けると、リリーは顔を赤くして肩を跳ねさせた。これ以上はしないというつもりで手を離せば、あっさり引っ込められてしまって少し残念だ。

「遠慮はいらなくなるのかな」

「殿下……」

あの、ええと、としばらく落ち着きのなかったリリーが、やがて観念したように呟いた。

「……わたし、妹の結婚式では親族席にいたいんです」

そのあとなら、とほとんど言ってしまっているような顔を見て、自分の表情がだらしなく緩むのがわかった。

数日後に、また夢を見た。女の子の夢だ。この前泣きじゃくっていたのが嘘のように笑っていて安心する。彼女のいる場所があたたかそうだと羨む自分にも光が射《さ》しているような気がして、夢から覚めたくないとすら思えた。

◇

「本日はお招きいただきありがとうございます」

「ああ。まあ、気軽なお茶会だからあまり畏《かしこ》まらないでくれ」

およそ一か月後のことだ。小さなお茶会の知らせを出した。招待客はリリーと、この一か月で職場復帰をしたオズワルド、それから。

「こちらが、私の婚約者のチェルシーです」

「は……っ、は、はじめまして、チェルシー・カーヴェルと申します……！　ほ、本日はお招きいただき、光栄でございます」

オズワルドの陰に隠れるように立っていた少女が、緊張した面持ちで俺の前に現れた。その顔を見た途端、自分の中で合点がいって思わず声を上げてしまった。

「ああ!!　ああ、なるほど、君かぁ。っあはは、ああ、うん、そうか」

「え、えと……あの……？」

突然一人で笑い出してしまった俺を見て、チェルシーどころかリリーやオズワルドも訝《いぶか》しげな顔をしている。気が付いたけれどなかなか笑いが止まらなくて、なにかしでかしたのかとチェルシーを不安にさせてしまった。

——この子は、あの夢の女の子だ。

夢では小さな女の子だったから、それに比べると随分成長しているけれど、俺が見ていたのはおそらくこの子の想いだ。夢に見るのはなにも未来だけではない。とはいえ、会ったことがない人物の気持ちをここまで汲《く》み取ったのは初めてだった。驚きながらも、どこか不思議と納得する。そんな俺のことを、薄緑色の大きな目が見ていた。

「すまない、なんでもないんだ。はじめまして、チェルシー。君の目は、お姉さんと同じ色だね」

「……！　っはい、そうなのです！　あの、お姉様とは似てない部分ばかりなのですが、目の色はよく似ていて……！　だからわたしは自分の目がとても好きで、その……！」

「うん。ああ、お茶の準備がしてあるからこちらへ。もっと聞かせてくれるかな、リリーの話も、君の話も」

「はい！」

姉の話になった途端に輝く表情が、妹の話をしているときのリリーによく似ていて自然と笑みが零れる。この子がオズワルドの家で姉の悪口を言わなかったというのは間違いないのだろう。この様子なら、それ以外のどんな場所でも言ったことがなさそうだが。

オズワルドの復帰祝いを兼ねていたはずのお茶会は、結局俺とチェルシーが喋《しゃべ》り通して終わった。

まあ、祝われる側の人物も楽しそうに話す婚約者を見て優しい顔をしていたから問題ないだろう。穏やかな表情をしたオズワルドの横で、リリーだけがもっぱら気恥ずかしそうだった。


「お招きいただき本当にありがとうございました」

「ああ、またおいで」

「はい！」

すっかり日が傾き始めたころ、オズワルドとチェルシーは帰っていった。ぱたんと扉が閉まるのを待ってから、リリーが小さく息を吐いた。

「妹がすっかり懐いてしまって申し訳ありません」

「いや、貴重な話が聞けて楽しかったよ。俺にも怪物が出てくる本を読んでほしいな」

「からかわないでください」

結構本気なんだけどなあ、と零しながらリリーの手を取る。

「それよりも少し妬《や》けてしまった」

「え？」

「君とオズワルドが、やっぱり仲が良さそうだったから」

俺がそう言ってすぐ、リリーが渋い顔をしたので笑ってしまう。妬いたのは本当だけど。

「良くはありません。どうしてそう見えるのか不思議なくらいです」

「うーん……なんというか、息が合っているというか……君も彼には遠慮のない言い方をするだろう」

チェルシーの手前もあってか、二人とも俺には大人の対応をしていたけれど、お互いに対しては遠慮がないようだった。砕けた話し方をするオズワルドは初めて見たし、わざとらしくつんとしたリリーも彼の前でだけだと思う。

「……チェルシーとのお話に夢中で気付かれていないかと思っていました。大人げなかったですね、気を付けます」

「俺の耳がいいだけだよ」

悪戯がバレた子供のような表情も、こんなことでもなければ見る機会がなかっただろう。やっぱり少しもやもやする胸の内は、うまく彼女に伝わることはなさそうだ。

「……早めに式を挙げると言っていたね」

「はい。楽しみで、……少し寂しいです」

「存分に寂しがってあげるといい。きっとチェルシーもそうだろうから」

「……はい」

リリーの手が、きゅっと俺の手を握り返す。それを感じて、いつかのようにまた片膝をついた。

「殿下？」

「君を好きになれてよかったと思う」

「と、突然どうなさったのですか」

「突然でもないさ」

きっと、ずっと思っていたことで。それを今日改めて実感しただけだ。

「君を好きになる前も、人生が退屈だったわけじゃない。恵まれていたと思うし、自分が誰かに与えられるものがあるなら、そうすべきだとも思っていた。けど、それはとても漠然とした気持ちで……。君を好きになってから、その気持ちがもっと明確になった。君がいるから、はっきりと世界を愛していられる。君を、君が大切に思う人を、そうして連なっていく先にいる誰かを、守っていきたいと思える」

これがきっと、俺の『無敵の気持ち』だ。

「君が受け取ってくれる日を、待ってる」

「……はい」

泣きそうな顔で笑うのは、俺の前だけでありますように。


「失礼します」

「入れ」

ノックして声をかけると、部屋の奥から静かな声が返ってきた。父の執務室に呼ばれるのは久しぶりだった。

部屋に入れば、仕事をしていたらしい父は手元の書類を引き出しに片付けて、俺に向き直る。大事な話があると呼び出されたこの場所には、父と俺しかいない。真剣な父の顔に釣られるように、自分の体に力が入るのがわかる。

すうっと、父の目が細くなった。ごくりと自分の喉が鳴る。

「いや～、パパさあ」

「…………陛下、ご自分のことをパパって言うのは止めていただけませんか……」

がくっと一気に力が抜ける。ついさっきまで真剣な顔をしていた父は、子供みたいに「ええ～！」と不満げな声を上げていた。基本的には誰の前でも威厳があり、賢王と呼ばれるにふさわしい態度を取っている父だったが、なぜか俺の前ではこういうところがあった。どうしてだろう、本当に。どうしてだろう。

「いいだろ別に」

「歳を考えてください、歳を」

「まだ四十二だぞ」

「俺の歳の話です」

たしかに父はまだ若い。早くに亡くなった先代、俺の祖父の跡を継ぎ王位についたのも早かったし、俺が生まれたのも父が十九のときだ。とはいえ、俺ももう二十三になるわけで。少なくとも、かわいらしく「パパ」と呼んで甘えるような歳ではない。

「子供はいくつになっても子供だよ」

「はいはい……それで一体なんの御用ですか」

「冷たいな。あの聖女とうまくいっているから、もう父の愛は不要かな」

にやりと笑う顔を見て、なにもかもお見通しなのかと言葉に詰まる。もしかしたら「忙しいから聖女との面会を代わってくれ」と言ったあのときから、父はこの日が来ることを知っていたのかもしれない。

「……ようやくいい返事がもらえそうなので、近いうちに紹介します」

「ああ、楽しみだ」

機嫌よく答えた父には敵うことがない。

「それはともかく、パパ、今度さあ」

「……もう訂正する気も起きませんが、なんでしょう」

「再婚しようと思って」

ふざけた言い回しからは思いもよらなかった言葉が飛び出して、思わず固まってしまった。

「……は、……え、いつ、誰と……というか今更、どうして」

冗談かとも思ったが、言い方に反して父は真面目な顔をしていた。二十年、公務で国を離れるとき以外はほとんど毎日母の墓に花を手向けていたような父だ。嘘でも冗談でも、そんなことを言うとは思えなかった。

「……夢に、アリシアが出てきた」

「母上が？」

俺自身はほとんど経験がないが、死者が夢に出ることはある。会いたいという願望から来るものではなくて、夢見の才のひとつだ。天の国から時に助言をくれたり、時に心を慰めてくれたり。夢見の能力が高い父にはよくあることなのかもしれないが、母が現れたという話はこれまで聞いたことがなかった。

「母上は、なんとおっしゃっていたのですか」

「……もう十分だと」

父の目が寂しそうに曇る。その表情に母が亡くなったあの日のことを思い出したのは一瞬で、次の瞬間には、父はへらっと笑っていた。

「嫌だ嫌だとごねたんだがなあ。まだ君だけを想っていたいと」

「……母上は」

「そんなふうに思う時点で、もう他に寄り添ってくれる者がいるのだろう、と。人生はまだ長いのだから、ちゃんとそれに向き合って、大事にして生きなさいと叱《しか》られてしまった」

母らしい、と思う。ほとんど記憶にはないけれど、おぼろげな思い出の中に、悪ふざけをして笑う父を叱る母がいる。

「……いい女だったなあ」

「……過去形にしては、また叱られてしまいますよ」

「はは、そうだな」

からっと笑った父は、「まあそういうわけだ」と言って立ち上がった。俺が知らなかっただけで、父にはあの日のように泣く夜があったのかもしれない。それに寄り添ってくれる誰かがいたのなら、喜ばしいことだと思う。母を想えばほんの少し寂しい気もするけれど。

「アリシアが、心配事がなくなったからだとも言っていた」

「心配事？」

「お前のことだろう。はあ、息子に妬くのも悲しいなあ」

またふざけた口調に戻しながら、父が横を通り抜けて部屋の扉に手をかけた。

「ああそうだ、それから」

「まだ何か？」

首を傾げれば、父は悪戯に笑う。

「そのうちお前に弟ができるぞ」

「は？　……はあっ⁉」

「いや～、俺の夢は当たるからなあ」

あっはっは、とわざとらしい笑い声が扉の向こうに消えてしまった。残されたのは、状況が呑《の》み込みきれていない俺一人。

「お、弟……」

この歳になって。再婚だけでも十分驚いたというのに、予想外すぎる。しかし、父の夢がよく当たるのも事実で。翻弄《ほんろう》され続ける俺は本当に、あの人に敵うことがない。

「……弟、か」

繰り返し呟くと、少しだけ気持ちは落ち着いてくる。……弟。きっと兄であるというだけで、初めは無条件に俺を慕ってくれる存在。まだ見ぬその子に恥じないように、その子がずっと慕ってくれるように。

「――……がんばろう」

幸いにも、そうやってがんばっている人がとても身近にいる。俺が世界を愛せる理由が増えることを、きっと彼女も喜んでくれる。

部屋の真ん中で小さく握った拳《こぶし》は、まだ誰にも知られない俺の決意表明だった。

◇

――夢を見た。子供の夢だ。柔らかな光の中で、笑っている子供の夢。

「ん……」

「お目覚めになりましたか？」

「うん……」

ぼんやりしたままの俺の頬を撫《な》でる指先。それを辿《たど》っていくと、「夢でも見ていましたか」と尋ねる愛《いと》しい笑顔があった。

「ああ、子供の、夢……二人、いや、三人、かな」

微睡《まどろ》みながら答えると、リリーが「それから？」とやんわり急《せ》かした。

「一人は弟で……あとの二人はまだ小さくてわからなかったけど、みんな楽しそうで、幸せそうだった」

「いい夢ですね」

「うん、いい夢だ。もう少し見ていたい」

頬を撫でていた手を掴んで引き寄せた。「アーノルド！」と慌てた声が俺を呼ぶのを知らんふりして、また目を閉じる。

「いい夢、だなあ」

傍に立つ自分も、子供たちと同じ光の中にいた。

ずっとそこに行きたかった気がする。柔らかい光の中。

「二度寝する時間はありませんよ」

「五分だけ」

「もう。仕方のない人ですね」

そう言ってすっぽりと腕の中に収まった俺の夢は、あたたかい、光のかたちをしている。

あとがき

　はじめまして、西井けいと申します。

　この度は、わたしの初めての作品をお手に取っていただきありがとうございます。

　また、素敵なイラストで作品を彩ってくださった雲屋ゆきお先生をはじめ、書籍化にあたりご助力いただきましたすべての皆様に、この場を借りて御礼申し上げます。

　さて、わたしは「もとよりわたしという人間を知っている人ならば、それだけでこの作品のオチがわかるのではないか」と思うほどのシスコンなのですが、リリーとは違って本人にだけはそれを隠しています。照れくさいからです。

　思い返せば、投稿サイトでコメントをいただいたとき、ランキングに載ったとき、コンテストで受賞が決まったとき……この作品を書いてよかったなと思ったことはたくさんありましたが、初めて書いた作品がこれでよかったなと思ったのは、書籍化を知った妹がわたしに抱き着いて「すごいね、すごいね」と繰り返したときでした。

　ちなみに、作品の内容は一切伝えておりません。恥ずかしいので、特にあとがきは読まれませんようにと願うばかりです。

聖女《せいじょ》の身代《みが》わりとしてやってきた婚約者殿《こんやくしゃどの》の様子《ようす》がおかしい

2025年3月5日　初版発行

初出……「聖女の身代わりとしてやってきた婚約者殿の様子がおかしい」
小説投稿サイト「小説家になろう」で掲載

著者　西井けい

イラスト　雲屋ゆきお

発行者　野内雅宏

発行所　株式会社一迅社
〒160-0022 東京都新宿区新宿3-1-13 京王新宿追分ビル5F
電話　03-5312-7432（編集）
電話　03-5312-6150（販売）
発売元：株式会社講談社（講談社・一迅社）

印刷所・製本　大日本印刷株式会社
ＤＴＰ　株式会社三協美術

装幀　世古口敦志・丸山えりさ（coil）

ISBN978-4-7580-9709-3

おたよりの宛て先
〒160-0022 東京都新宿区新宿3-1-13 京王新宿追分ビル5F
株式会社一迅社　ノベル編集部
西井《にしい》けい 先生・雲屋《くもや》ゆきお 先生

聖女の身代わりとして
やってきた
婚約者殿の
様子がおかしい